結婚直前で夫がチェンジ!?嫌われていたはずの陛下に熱愛され戸惑っています

佐倉 紫

Vanilla文庫

結婚直前で夫がチェンジ⁉ 嫌われていたはずの陛下に熱愛され戸惑っています

目次

イラスト／ＫＲＮ

第一章　思いがけない結婚相手

「ようこそおいでくださいました、シルヴィア姫様。そして大変申し訳ないのですが……姫様と結婚する予定でいらした王太子殿下は、二日前に駆け落ちなさいました」

「え？」

「そのため姫様の結婚相手は王太子殿下の弟君、ウィルフレッド様に変更になります」

「――はっ？」

……一国の王女たるもの、どのようなことを言われても感情を表に出してはいけない。たとえそれが驚きや怒りを誘う言葉だとしても、泰然として、まずはほほ笑みを返すのが礼儀である――。

家庭教師のそんな言葉が脳裏をよぎったのは、あまりに予想外のことを言われて思考が停止したからだろうか？

本来なら「え？」だの「は？」だのも相手を不快にさせるから言ってはいけませんよ、と教えられていたが、今ばかりはそれも許してほしい。

なにせこちらは祖国から一ヶ月近い旅路を経て、国境を越え、はるばる輿入《こしい》れしてきたばかりなのだ。

朝日が昇る前から支度をして、無蓋馬車《むがいばしゃ》に乗り込み、街道にひしめく国民たちに手を振りながら、ようやく王城に到着したところなのである。

いよいよ結婚するときだとドキドキしながら王城に入ったら——突然のこの宣告だ。王女であっても「はっ？」と目を丸くすることくらい、許容してほしいところである。

（そ、それよりも、駆け落ち……？　あのファウスト様が⁉）

あの、と強調してしまうのは、幼い頃から婚約者と定められていたミーガン王国の王太子ファウストが、かなり病弱であるせいだ。

まだまだ驚きが覚めやらぬ心境だが、そんな中でも、フィオリーナ王国の王女シルヴィアは記憶と思考を巡らせた。

国同士の盟約により、シルヴィアは隣国ミーガンの王太子ファウストと婚約していた。

ファウストは生まれつき心臓に疾患を抱えていたそうだが、十歳になる前までは、たまに熱を出して寝込む程度で、細心の注意を払えば国境を越える長旅も耐えられるくらいだった。

実際にシルヴィアが彼と婚約した十五年前は、彼のほうがフィオリーナ王国に足を運んでくれていた。

だが十代に入ると病状はどんどん重くなり、最近は起きている時間より寝ている時間のほうが長いくらいだと聞いていた。

そんな状態だったので、フィオリーナ国王夫妻はシルヴィアが成人になる十八歳を迎えるとすぐに、ミーガンへの輿入れを命じてきたのだ。

『どうやらファウスト殿下の容態は今後、悪くなってもよくなることはないらしい。そうであるならば、なるべく早く嫁いで世継ぎの君を産むべきだ。そなたには苦労をかけるが、両国の永き平和のためによくよく頼むぞ』

十八歳の誕生日を迎えたその日に父から直々に声をかけられ、シルヴィアも覚悟を決めてきた。

無論、ファウストと結婚したら一番にすべきは世継ぎを産むことだとわかっていた。

病弱な彼を生活面でも支えられるよう、通常の花嫁教育に加えて病人介護の勉強もしてきた。将来は一国の王妃《おうひ》となるのだから、そのために必要なことも身につけてきたつもりだ。

――だからこそ、いざ嫁いだ先でファウストが駆け落ちしたと聞かされれば、驚きはもちろん肩すかしを食らった気にもなるというもの。

(というか、起きているより寝ている時間のほうが長い御方《おかた》が、よく駆け落ちなんて思い切ったことをされたものだわ)

途中で症状が悪化して倒れたら、それこそ大変だと思うのだが。

「あの、ちなみに、殿下と駆け落ちされたお相手はどなた様で……?」

病弱なファウストを誰に見つかることなく移動させるとなると、寝台付きの馬車や豊富な薬、医師なども必要であるはずだ。それらを用意するからには、それなりの財力がある相手だと思うのだが――。

「ええと、駆け落ち相手は、その……侍女です」

「侍女っ?」

「はい、あの、王太子様の部屋付きの侍女です」

ファウストの駆け落ちを告げてきたミーガンの宰相は、目の下に真っ黒な隈《くま》を浮かべながら疲れ切った面持ちでうなずいた。

つまり……とシルヴィアは状況を整理する。

「王太子殿下は部屋付きの侍女と、その、駆け落ちを実行するほど……ええと、熱い恋に落ちたということかしら？」

「ええ、はい、まぁ……そういう……ことらしく……」

広い額に脂汗を滲《にじ》ませながら宰相はうなずく。

彼とて、こんな不祥事は説明したくないに違いない。王太子殿下が結婚を目前に侍女と駆け落ちなんて、とんでもない醜聞だ。

まして説明する相手は、王太子に嫁ぐ予定の隣国の王女だ。その心労はいかばかりかと、シルヴィアは怒るより先に彼のことが気の毒になってきた。

「……起きてしまったことはしかたないわ。当然、ファウスト様たちのことは捜索しているのでしょう？」

「そ、それはもちろん……総力を挙げて追跡中でして……！」

「それで、わたしの結婚相手が変更になるという話よね？　お相手は──」

先程、伝えられた名前を思い出そうとした時だ。

どこからかあわただしい靴音が響いてきて、宰相の背後にそびえる大階段の踊り場に数人が出てきた。

その先頭にいた人物を目にして、シルヴィアはわずかに目を見開く。

「……ウィルフレッド殿下？」

濃紺の軍服にたくさんの勲章を身につけ、紅色のマントを着込んだ青年は、シルヴィアのつぶやきが聞こえたのか「いかにも」とうなずいた。

金の装飾がついた長靴の音を響かせながら階段を身軽に下りてきた彼は、あわてて退いた宰相に代わってシルヴィアの前に立つ。

（わ、なんて背が高い）

正面に立たれると二人の身長差は明らかだ。自分より頭一つぶんも長身の彼に気圧《けお》されつつ、シルヴィアは片足を引いて丁寧にお辞儀した。

「お初にお……、お久しぶりでございます、ウィルフレッド殿下。ご健勝のようでなによりです」

うっかり『初めまして』と挨拶しそうになって、シルヴィアはあわてて言い換える。

彼とは過去に二、三回顔を合わせたことがあったはずだ。

いずれも兄ファウストについて顔見せ程度にやってきたという感じだったが、紫水晶のような色合いの瞳と艶《つや》やかな黒髪は見事で、一度見たらそうそう忘れられないものだ。

とはいえ『ファウストの弟』について覚えていることと言えばそのくらいだ。ほかに知っていることと言えば、早くから軍属となり現在は将校の地位にあること、兄ファウストより二歳年下で、シルヴィアよりは三歳年上なこと。そのくらいだ。

（あ、それと……昔、わたしのことを『地味』と言ったこと）

不意にいやな記憶を思い出して、シルヴィアはつい眉に力を入れてしまう。

いつのことだったかは忘れたが、ファウストにくっついてフィオリーナ王国を訪れた彼は、いずれ兄嫁となるシルヴィアを見るなり顔をしかめて言ったのだ。

『あなたが兄上の婚約者？　なんというか……地味だな』

子供特有の正直な感想だったのだろうが、正直さゆえにグサッときたのもまた事実。

確かに当時のシルヴィアは垢抜《あかぬ》けない娘だった。外を走り回ることが大好きなお転婆《てんば》で、ひらひらのドレスを着ることも、髪をおしゃれに結い上げることにも無頓着だった。

特に当時は乗馬を習いはじめたばかりで、愛馬見たさに毎日厩舎《きゅうしゃ》に通っていたこともあり、特有の匂いもついていたと思う。

もちろん婚約者ファウストとその弟に会うときは王女らしい格好をしていたが、たまにそんな格好をしても馬子にも衣装であったのだろう。

（でも、それにしても『地味』って……。『地味』って！）

思い出すだけでもちょっとカチンとくる言葉だ。

同時に、胸の奥に住む小さい頃の自分がちくんとした胸の痛みを発した気がして、自然とくちびるが引き結ばれる。

（あのときのウィルフレッド殿下ときたら、素直な言葉を口にするだけではなく、わたしを見てすごくいやそうな表情をしていたっけ）

まるで衣服についた大きなシミでも見るような顔つきだった。

あの表情から察するに、彼のほうはシルヴィアに対し友好的な気持ちは持たなかったに違いない。その後も何度か顔を合わせたが、いずれもファウストのうしろに控えて、こちらをしかめ面で見つめているだけだったし。

（まぁ、そのおかげで発憤して身なりに気を配ることに目覚めたから、悪いことばかりではなかったけれど）

ただ昔のことだけに、相手はそんなことはちっとも覚えていないらしい。シルヴィアの挨拶にぶっきらぼうに「ああ」と答えて、少し困った様子で眉をひそめた。

「突然のことで申し訳ないが、そういうわけで、あなたの結婚相手はわたしに変更になった。ついでにいうと、わたしはこれから戴冠式に臨む」

「戴冠式……。戴冠式⁉」

ということは、第二王子であったウィルフレッドは一足飛びに国王になるということだ。

「お、お待ちください、ミーガンの国王陛下はまだご壮健であったと思いますが……！」

少なくとも祖国を出発するときに、ミーガン国王が病床にあるとか、体調が思わしくないという話は聞かなかった。……ファウストに関しては、しょっちゅう『不調だ』と聞かされていたが。

「ここ二週間ほどで急激に弱ったのだ。その上、ファウストの件でトドメを刺されて――という具合だ。枕から頭を起こせない日が続いている」

「そんな」

……国王は病床にあり、王太子は駆け落ちという名の出奔中……。

「差し出がましいことを申しますが……そのような事態にあって、戴冠式や結婚式を強行してよいものでしょうか？」

むしろファウストの捜索に全力を注ぐべきだと思う。それに加えて、国王の快癒祈願の儀式を執り行うとか。

そんなシルヴィアの言葉に対し、ウィルフレッドは難しい顔で首を横に振った。

「王太子が失踪中で国王も病床にあるなど、国を揺るがしかねない一大事だ。できうる限り知られずに済ませたい。そのためにも慶事を盛大に催して、人々の耳目をそちらに集めたいのだ」

……確かに、国王も王太子も表に出てこられないなど、おいそれと他国に知られていい話ではない。

ここ十数年、大陸の国々は表向き平穏を保っているが、内政が苦しい国や隙あらば他国に攻め入ろうと牙を研いでいる国も、決してないわけではないのだ。

幸か不幸かミーガン王国はシルヴィアの輿入れを控えていた。きっと彼らもさまざまな議論を行った上、こうするのが一番だと判断したのであろう。

「ただ、世継ぎがわたしに変更になったことは『王太子ファウストの病状が悪化したため』と正式に発表を行う。ファウストが見つかったところで、王太子の称号を得たままでいることは不可能だからな」

（結婚前に駆け落ちしたのだから、それは当然の措置ね）

シルヴィアは慎重にうなずいた。

「そしてわたしが戴冠することは現国王の意向ということにする。今年はちょうど父が即位して三十五年の節目なのだ。『妃を迎えた息子に安心して王冠を渡せる』という旨のことも、同時に発表するつもりだ」

——現ミーガン国王は早くにお父上を亡くされたため、わずか十三歳で戴冠なさったのだ。在位が三十年以上の国王というのも大陸中を眺めてもなかなか存在しないだけに、その理由も充分に受け入れられるだろうと思えた。

本当に突然のことばかりで驚きが止まらないが、きっとウィルフレッドをはじめとするミーガンの人々のほうが何倍も驚き、あせり、頭を悩ませた事態であっただろう。

いずれにせよ、シルヴィアがミーガンに嫁ぐのは国同士の盟約で決まっていることだ。

もともと一つの王国であったフィオリーナ王国とミーガン王国は、二つの国に別れてから今日までの三百年、それぞれの王族やそれに近い貴人を娶《めあわ》せることで、長い姻戚関係を続けてきた。

くり返される婚姻は、すなわち国同士が未来永劫《みらいえいごう》に渡って手を取り合い、助け合うことを示している。

今回はまさに、その助け合いの精神を発揮するときということだろう。

シルヴィアはすぅっと息を吸ってから、静かにうなずいた。

「……委細、承知いたしました。わたしは国同士の盟約に従い、新しく国王となられるウィルフレッド様に嫁ぎます」

この場に集まった全員に聞こえる声音で、シルヴィアは堂々と宣言する。

拒否されたらどうなるのだろうと、怖々した面持ちでシルヴィアをうかがっていたミーガンの人々は、明らかに安堵《あんど》の面持ちになった。

ウィルフレッドも少なからずほっとした様子で、シルヴィアの右手をうやうやしく持ち上げる。

「あなたの決断に深く感謝する。——改めて、我がミーガン王国にようこそ、シルヴィア王女。あなたの輿入れを心から歓迎する」

その場に膝をついたウィルフレッドは、絹手袋に包まれたシルヴィアの手の甲に優しく口づけてくる。

ただの挨拶のくちづけなのに、手袋越しに彼のくちびるの熱さを感じて、シルヴィアはぴくっと肩を揺らす。

それに気づいているのかいないのか、彼女の手を取ったままのウィルフレッドは上目遣いにこちらを見上げ、にやりとほほ笑んできた。

「このあとの結婚式が楽しみだ。——その後の初夜も」

「んなっ……」

艶を帯びた声でのささやきに、シルヴィアはたまらず真っ赤になる。

驚きすぎて固まっているうちに、立ち上がったウィルフレッドはさっと踵《きびす》を返した。

「姫君を部屋へ案内し、支度をするように。予定通りの時間に戴冠式と結婚式を行う。全員、持ち場へ急げ！」

集まった人々はいっせいに「はい！」と返事をして、シルヴィアもミーガン王宮の女官たちによって、あれよあれよと連れ出されていった。

それから一時間半後——正午ぴったりに、一行はミーガン王都の大聖堂にて戴冠式と結婚式を執り行った。

もとは結婚式だけの予定だったのに、それに先立ち戴冠式が行われることで、招待された人々はかなり興奮している様子だ。大聖堂に並べられた長椅子には国内外の賓客が所狭しと腰かけ、開式を今か今かと待っている。

シルヴィアはパイプオルガンを背後にした二階席に案内された。ここはミーガンの王族と、その姻戚関係にある人々専用の席で、ウィルフレッドの結婚相手となるシルヴィアは最前列に案内される。

急遽《きゅうきょ》身につけたドレスは紅色に金の装飾が施された、重厚さと威厳を感じさせる一着だ。

ハイウエストで切り替える古風なデザインで、ピンクブロンドの髪もそれに合わせて、後頭部にひっつめる形で結い上げている。頭にはフィオリーナの王女の証《あかし》である小さなティアラを載せてあった。

小さいと言ってもさまざまな宝石で飾られているので、そこそこ重いティアラだ。同じデザインのイヤリングとネックレスで飾り立てているから、よけいにずっしりと頭や肩に重みがかかってくる。

（あと数時間でこの国の王妃となることの重みが、そのまま伝わるようだわ）

病弱な王太子の妃になると思っていたら、一足飛びに元軍人の妃――それも一国の王妃になるとは。はじまりから波瀾万丈《はらんばんじょう》である。

そんなことを考えているうちに、聖職者に囲まれたウィルフレッドが正面の扉からゆっくりと入場してきた。パイプオルガンの音楽に合わせて堂々と歩く彼は、突然の戴冠にも動じずに悠然としている様子だ。

祭壇の前にひざまずいた彼に、神の代弁者である大聖職者が長々と祝福を述べる。

そうしてようやく王冠を頭に乗せられたウィルフレッドは、ゆっくり立ち上がると、マントを翻して振り返る。

神像がそびえる祭壇を背に賓客たちに向き直ったその立ち姿は、威風堂々という言葉がぴたりと合うほど素晴らしいものだった。

雲が晴れたのか、天窓から日の光がさあっと差し込んで、祭壇と彼を白々と照らし出す。まるで神が直接祝福を与えているような神々しい光景だ。賓客たちは自然と感嘆の声を漏らし、儀礼的なもの以上の拍手を彼に送った。

シルヴィアも手を叩《たた》きながら、じっとウィルフレッドを見つめてしまう。

王城で顔を合わせたときは彼を見上げる形になっていたから、その顔をよくよくは見られなかった。だが今は二階席で、天窓からの陽光が彼をはっきり照らし出している。

（力強いお顔立ちの方だわ）

シルヴィアが真っ先に感じたのはそのことだ。婚約者だったファウストが線が細く色白な美男子だったからこそ、対照的とも言える彼の顔立ちにびっくりしたのだろう。

美男子なのはウィルフレッドも変わらない。いや、彼の場合は美丈夫と言うべきか。はっきりとした目鼻立ちに加えて、意志の強さを秘めた紫の瞳がとても印象的だ。

重たいマントや勲章をたくさん身につけていても、その姿勢が崩れることはない。軍人として鍛えてきたためだろう。肩幅が広く、腕も足腰もがっちりしていて、いかにも武人という風貌だ。

それなのに礼服もマントも、王冠も本当によく似合っている。野性味と優美さの両方を兼ね備えた麗しい姿に、シルヴィアはいつしかぼうっと見入ってしまっていた。

と、ウィルフレッドがちらっとこちらに視線を向けてくる。いつの間にか食い入るように彼を見ていたシルヴィアは、思わずドキッと肩を揺らした。

それがわかったのだろうか？　ウィルフレッドはかすかに目を細めて、にやりと笑う。

――王城で初夜をほのめかしたときに見せたのと、まったく同じ笑顔だ。

シルヴィアはたまらず目元をカッと赤らめる。……もしかして、からかわれているのだろうか？

（そうだとしたら、少し悪趣味だわ。こちらは結婚相手が変わって少なからず動揺しているのよ？　もう少し気遣ってくださってもいいのではないの？）

大聖職者について大聖堂をあとにしていくウィルフレッドの後ろ姿に、シルヴィアはついつい恨めしげな視線を向ける。

深窓の姫君であれば、あんなふうに嗤《わら》われたら傷ついて涙するところかもしれない。

が、あいにくシルヴィアはムカッとするまま反抗心を即座に持つタイプだ。

（あいにくと、わたしはその程度ではひるみませんからね）

退場するウィルフレッドをじっとにらみつけていたが、いざ彼が去ったら、すぐに控えていた女官から声がかけられた。

「このまま結婚式に移ります。お支度のための控えの間にご案内します」

「わかりました」

シルヴィアはすっくと立ち上がり、王女らしく優雅《ゆうが》な足取りを意識して席を離れる。

すると動きに気づいた賓客たちが「あの方が嫁がれてきた王女様だ」とささやくのが聞こえてきた。

より背筋を伸ばして、しゃなりしゃなりと歩くあいだも、さまざまな人のつぶやきが聞こえてくる。

「素敵な方ね。ピンク色の不思議な色の髪をしているわ」

「なんと美しい。あの方なら新国王陛下と並んでも素晴らしく見えることであろう」

――悪意のない純粋なつぶやきだったが、シルヴィアはふと不安を覚える。

（ウィルフレッド様の隣に並んでも素晴らしく……か）

王冠を授かったウィルフレッドは、まさに神に選ばれたと言われてもおかしくないほど輝いていた。

反面、自分はどうだろう？　そりゃあ、彼とはじめて会った子供の頃に比べて垢抜けたし、所作も言葉遣いも王女らしくなったとは思う。だが……。

（わたしは飛び抜けて美人というわけでもないし、すごく頭がいいわけでも、これといった特技を持っているわけでもないわ。王子時代から軍で活躍していたウィルフレッド様の隣に並んで、みすぼらしく映ったらどうしましょう）

そう心配になるほど、ウィルフレッドの戴冠式は素晴らしいものだった。

——そもそもわたしは彼にあまり好かれていないでしょうし。

だが心配だろうと不安だろうと、催しは時間通りに進められる。

紅色のドレスを脱ぎ、花嫁衣装である真っ白なドレスに着替えたシルヴィアは、女官にヴェールをふわりとかぶせられて、いよいよこのときがきたのだとごくりと唾を呑み込む。

シルヴィアの緊張を感じ取ってか、ミーガンの女官たちは「大丈夫ですよ、王女様」とほほ笑みかけた。

「ウィルフレッド殿下……いえ、国王陛下は、お顔立ちこそちょっと怖いですが、民思いで、城で働く者にも公平で寛容な方です。王女様のことも大切にしてくださいますわ」

「……ありがとう。わたしも陛下のお心に添えるように頑張るわ」

緊張が抜けないながらもしっかりとうなずくと、女官たちも満足そうにうなずき返してくれた。

と、控え室の扉がノックされて「お時間です」と声がかけられる。

「ここからは聖職者についてお進みください。祭壇の前で陛下が先にお待ちですので」

シルヴィアはこくりとうなずき、迎えにきた老聖職者のあとについて控え室を出る。

大聖堂の入り口へと移動するらしいが、すでにここまでパイプオルガンの重厚な音が響いている。戴冠式のときとはまた違う曲だ。威厳に満ち満ちた重い曲だからより緊張が増してくる。

（ふぅ、こういうときこそ深呼吸、深呼吸っと）

家庭教師から叩《たた》き込《こ》まれたことを思い出しつつ、ゆっくり呼吸していると、大聖堂の入り口へとたどり着いた。先ほどの戴冠式でウィルフレッドが入場してきたところだ。

今度は自分が入場する番か……と思いながら、扉がギィと音を立てて開くのを合図に、シルヴィアは聖職者についてヴァージンロードを歩きはじめた。

パイプオルガンの音が身体全部を包むように大きくなる。しずしずと歩くシルヴィアは、両側に座る賓客たちの視線を一身に浴びて（圧力がすごいわ……っ）と怖々した。

少しでも気を抜くと足取りが乱れそうだ。このウエディングドレスはスカートがうしろに長くトレーンを引く形になっている。前もそこそこ裾が長く作られているので、うっかり踏みつけて転んだりしたら大惨事になりかねない。

足元を気にしてうつむきそうになるのを、必死でこらえて顔を上げれば——祭壇のすぐ前で、華やかな礼服に着替えたウィルフレッドがたたずんでいるのが目に入ってきた。

彼はゆっくり歩いてくるシルヴィアに、じっと視線を注いでいる。

その口元には例によって笑顔が浮かんでいる。あの、にやりとしたちょっと意地悪そうな笑みだ。

それを見た途端、シルヴィアの首から上がカッと熱くなった。緊張や不安が彼への対抗心に取って代わり、縮こまっている場合ではないと心が奮いたつ。

（ええ、わたしはそういう目を向けられて、泣き寝入りする性格ではないのよ！）

ツンと澄ましつつ、こちらもウィルフレッドから視線を外さずに歩く。もはやにらみつけるような顔になっていたが、ヴェールを被っているだけに周囲の人々は気づかなかったであろう。

だが当のウィルフレッドは強い視線に気づいたようで、祭壇の前に並んですぐに小声でささやかれた。

「熱烈なまなざしをありがとう、姫君。おれにそこまで見とれてくれるなんて光栄だな」

「んなっ……」

自信満々を飛び越えて自意識過剰ではないかというささやきに、シルヴィアは驚く以上にあきれた。

「別に見とれてなんかいませんっ」

「そうか？　戴冠式のあいだ、二階席からずっと熱い視線を感じていたが――」

「き、気のせいです！」

こちらを「？」という顔でうかがっている大聖職者に聞こえないよう、二人はこそこそ

と言い合う。シルヴィアがふんっとそっぽを向くと、ウィルフレッドは小さく肩を揺らして声を立てずに笑った。

（んもう、失礼なひと！　だいたい、これから結婚の誓いを立てるのよ？）

――そうだ、今からこの男と婚姻するのだった。思い出して緊張するシルヴィアだが、ウィルフレッドは笑いの名残を口元に刻みながら、悠々と祭壇に向き直った。

「――それでは、ここに結婚の誓いを立てる二人に向け、神の祝福の言葉を……」

長々とした、本当に長々とした大聖職者の言葉がはじまり、シルヴィアは少々げんなりする。

それは隣にいるウィルフレッドも同じだったようで、不意に「腹が減ったな」などとつぶやいてきた。

「祝福の最中ですよ？　お控えください」

「そうは言っても朝から支度、支度まみれで、ろくに飯を食う時間もなかった。あなたも同じようなものではないか？」

「それはそうですが……それにしても『飯を食う』なんて、国王陛下のお言葉とは思えない俗な言い方です」

「長く軍にいたからな。こういう話し方のほうが性に合っている。そういう姫君も、おれ相手に物怖《ものお》じせずに注意してくるものだな？」

一人称が「おれ」に変化したウィルフレッドは、横目で楽しげにこちらを見つめてくる。

シルヴィアはツンとすまし顔で正面を向いた。

「わたしに礼儀作法を叩き込んだ家庭教師のほうが、陛下より何倍も怖かったもので」

「確かに、昔は相当にお転婆だったと記憶しているから、この化けっぷりには驚いた。純白の花嫁衣装がよく似合っておいでだ」

「馬子にも衣装とおっしゃりたいのでしょう？」

「いや、本当にきれいだ」

思いがけずしみじみとした声音で言われて、シルヴィアは軽く目を瞠《みは》ってウィルフレッドをちらっとうかがう。

彼のほうはこちらをじっと見つめていて、目が合うとまた「きれいだ」とささやいた。

お世辞ではなく本心から言われているように感じて、シルヴィアはついじわじわと頬《ほお》を赤らめる。

そうしていつの間にか見つめ合っていたらしい。大聖職者の「おっほん」というわざとらしい咳払《せきばら》いで、シルヴィアはハッと我に返った。

「ミーガン王国、ウィルフレッド王よ。汝《なんじ》、シルヴィア王女を妻として慈しみ、未来永劫劫ともにあることを誓うか？」

「フィオリーナ王国、シルヴィア王女よ。汝、ウィルフレッド王を夫として尊び、未来永劫ともにあることを誓うか？」

大聖職者はシルヴィアにも同じ問いかけをしてきた。

大聖職者の問いかけに、ウィルフレッドは「誓います」と深く響く声で宣言する。

ともにあることを誓うか？」


夫として尊び、未来永劫ともにあることを――。

改めて言われると重々しい問いかけだ。つい数時間前に夫となることを報《しら》された相手と、即座に永遠の誓いを立てるなんて。性急なことこの上ない。

仮に誓わないと答えたらどうなるのだろう、と碌《ろく》でもないことを考えたときだ。ウィルフレッドがあいかわらずにやりと笑いながら、こちらを見つめているのが目に入る。

その瞬間、シルヴィアは反射的に答えていた。

「誓います！」

緊張に震えた可愛《かわい》らしい声……とはならず、大聖堂の高い天井に反響するほどバシッとした声が出た。

予想以上に大きな声になってしまい、さすがに恥ずかしくてシルヴィアは真っ赤になる。

大聖職者が目をまん丸に見開いているからなおさらだ。

隣でウィルフレッドがまた肩を揺らしているのも憎たらしく、こんな席でなければ足を踏んでやるのに！　と、つい物騒なことを考えてしまった。

「それでは、誓いの口づけを――」

大聖職者は気を取り直した様子で淡々と促してくる。

ぷりぷりとウィルフレッドと向き合うシルヴィアは、彼がまだ笑っていることに気づいてさらに頬をふくらませた。

「そんなに笑わなくてもよいではありませんか」

「いや、勇ましくてとても好ましいと思ってな」

「おもしろがっているだけでは？」

「そんなことはない」

冷ややかに目を据わらせるシルヴィアと対照的に、にっこりと笑顔になって、ウィルフレッドは彼女のヴェールを背後に払う。

意外と丁寧な手つきで顔を露《あら》わにされて、シルヴィアはとまどい気味に相手を見やった。

「そんなに不安そうな顔をしなくていい」

手袋に包まれた指先でシルヴィアの頬をそっとなでてから、ウィルフレッドは身をかがめる。

シルヴィアはあわてて目を閉じた。直後、互いのくちびるが重なり、ふにっとした感覚に背筋がむずがゆくなる。

（あ、意外と柔らかい――）

そう思ってほっと力を抜いたときだ。

「……っ！」

薄く開いたくちびるを縫って、肉厚のなにかがぬるっと口内に忍び込んできた。

思わず息を詰めた瞬間、それはシルヴィアの舌にふれてくる。

熱くぬるつく感覚にびくっと目を見開いたときには、ウィルフレッドは顔を離して再び祭壇に向き直っていた。

呆然《ぼうぜん》としつつ、大聖職者の「おっほん」という咳払いに我に返ったシルヴィアは、あわてて祭壇に向き直る。

「神の御許《おもと》で、お二人は夫婦となられました。皆様、祝福の拍手を――」

大聖職者が促すと、待っていましたとばかりに大きな拍手が鳴り響く。

天井に反響する拍手の音にクラクラしながら、大聖職者に振り返るように言われて、シルヴィアはのろのろとうしろを向いた。賓客たちが弾けるような笑顔で、いっそう音高く手を叩いて祝福してくる。

ウィルフレッドはニコニコしながらシルヴィアの肩を抱き、軽く手を上げて祝福に答えた。

そうして、入ってくるときは一人だったヴァージンロードを二人で歩いて、大聖堂の外に出る。左右から祝福の花吹雪が振りかけられる中、二人は正面に停まっていた無蓋馬車へと歩いて行った。

「心ここにあらずという顔だが、大丈夫か？」

不意に肩を抱くウィルフレッドに問いかけられて、呆然としたままのシルヴィアは、ようやくハッと目をまたたかせた。

「──あ、あなたが、変なことをしてくるからでしょう⁉　な、なんなのですか、あの、ぬるっとした、アレは……！」

わなわな震えながら文句を言うと、ウィルフレッドはきょとんとした顔で「舌だが？」とのたまった。

「し、し、舌……⁉」

「まさか舌を絡ませる口づけを知らないのか？　フィオリーナは我が国より少々お堅いと聞いていたが、それほどとは」

興味深そうに顎をさするウィルフレッドに、シルヴィアは真っ赤になった。

「そ、それくらいは知っているわよ！　――そうではなくて！　神様の前で行う神聖な誓いの場面で、あんな不埒《ふらち》なことをするその神経が信じられないと言っているの！」

恥ずかしさのあまり敬語もかなぐり捨てて、素で叫んでしまう。

だが相手は驚くどころかおもしろくなってきたという風情で、さらにニヤニヤ笑った。

「よそ行きの言葉遣いよりそちらのほうがいいな。人前では無理でも、おれと二人きりのときはそういうしゃべり方をしてくれ」

「話をはぐらかさないでくださる？　だいたい二人きりではないわ」

沿道には大勢の国民が詰めかけ、手のひら大の国旗を振りながらわぁわぁと歓声を上げている。

警備のための兵士が並んでいるので彼らがこちらになだれ込むことはないだろうが、少し不安になる程度には熱狂的な歓迎だ。

彼らの目には、腕を組んだ新たな国王夫妻が仲睦《むつ》まじく話し合っているように見えるだろう。実際は軽い喧嘩《けんか》状態なのだが。

だが喧嘩と思っているのはシルヴィアだけかもしれない。ウィルフレッドのほうは至極上機嫌な面持ちだ。

無蓋馬車の中にまで降り注いだ花吹雪を急いで片付けていた御者たちが「お待たせいた

しました」と準備が整ったことを告げてくる。

その途端に、ウィルフレッドはシルヴィアを軽々と横向きに抱え上げた。

「きゃあ！」

突然のことにびっくりして、シルヴィアはあわてて彼の太い首筋に抱きつく。

「熱烈な抱擁だな」

「――あなたがいきなり持ち上げるからでしょう！」

「歩いて馬車に乗ったほうがよかったか？　恐ろしく長い引き裾を踏んで、すっ転んだら気の毒だと思ったのだが」

「よけいなお世話です！」

だが軍人として鍛えていた彼は危なげなく馬車に上がり、座席にシルヴィアを優しく下ろす。そして外に残るドレスの引き裾をすばやくまとめると、馬車の内部にきれいに収めてくれた。

さらには膝掛けまでかけてくれて、至れり尽くせりの仕草に、さしものシルヴィアもそれ以上ツンケンできなくなる。

「……ご丁寧にありがとうございます」

「なんのこれしき。さ、城へ向けて出発するぞ。我が国の民――いや、今日からはあなたの民でもあるな。愛すべき国民に手を振って応えてやってくれ」

先んじてウィルフレッドが沿道に手を振ると、そちらから「わあっ！」と信じられないほどの大歓声が沸き上がる。シルヴィアが抱き上げられた瞬間からさらに大きくなった歓声は、まだまだ留《とど》まることを知らないらしい。

シルヴィアも王城に入る前に、この無蓋馬車に一人で乗って城下町を進んできたが、ここまでの反応はなかった。ウィルフレッドの人気の高さがわかるというものである。

ウィルフレッドに再度促されて、シルヴィアも沿道に優しく手を振ると、そちらからも大きな歓声が沸き起こった。

「皆、あなたのことを歓迎しているようだ」

ウィルフレッドは満足そうにつぶやくと、あいている右手でシルヴィアの左手をぎゅっと握ってくる。シルヴィアは軽く息を呑《の》んだ。

「手を繋《つな》ぐ必要がありますか？」

「腰か肩を抱いたほうがいいなら、そうするが？」

「……手で結構です」

こうして馬車が王城へ到着するまで、片手は繋いだ状態で沿道の人々に手を振ることになった。

着いたら着いたで、また横向きに抱えられて馬車から降ろされる。……よもや国王陛下は、妃に両足があることを忘れておいでではないだろうか？

「ウィルフレッド殿下……いえ、陛下。わざわざ抱き上げていただかなくても、わたしは一人で歩けます」

「わかっているが、せっかく国境を越えてはるばる嫁いでこられた花嫁殿だ。丁重に扱いたいではないか」

「わたしが思う『丁重』とはだいぶ扱いが違いますが」

王城の正面にある階段をシルヴィアを抱いたまま上りながら、ウィルフレッドはまた楽しげに肩を揺らした。

結局、彼は玄関ホールに入るまでシルヴィアを下ろさなかった。端から見れば熱烈もいいところで、王城で待ち構えていた使用人たちや衛兵まで興味津々という目を向けてくるのが、シルヴィアにはなんともいたたまれない。

ようやく地面に足が着いたときは心からほっとしたが、安心する間もなく、今度は昼餐《ちゅうさん》会の支度に移ることになった。

「昼餐会が終わりましたら、小休憩を挟んで舞踏会です。——小休憩と言っても、お風呂に入っていただき化粧直しをするので、あまりゆっくりはできないかもしれませんが」

真っ白なウエディングドレスを脱いで、今度は季節に合わせた若菜色のドレスに着替える中、女官たちが苦笑交じりにそう説明してきた。

女官たちの言葉は本当だった。支度ができるとすぐに大食堂へと移動、昼餐会のあいだは賓客がひっきりなしに挨拶に訪れるので、目の前の食事に手をつける暇もなかった。

無事に昼餐会が終わって部屋に引き上げれば、着ているものをすべて脱がされ浴室へ案内される。

入浴後、髪を乾かしてもらっているあいだに飲み物とサンドウィッチが出されたが、半分も口にしないうちに「さぁ急いでお着替えとお化粧を！」と促されて、泣く泣く鏡台の前に移動する羽目になった。

舞踏会も昼餐会と同じようなものだ。国内外の多くの賓客に囲まれっぱなしで、会場の端に用意された食事に手をつける時間は皆無だった。飲み物のグラスこそ手にできたが、そこそこ強いお酒が注がれていたため、酔いが回りやすいシルヴィアは口をつけることができなかった。

その状態で笑顔のまま挨拶し、楽しく会話し、時々は踊る——一国の王妃らしく振る舞いながらも、シルヴィアの身心はすっかりヘトヘトになっていた。

（夜明け前から支度して、はじめての城に入って、戴冠式と結婚式、昼餐会、そして舞踏

会。ここまでずーっと立ちっぱなし……。足がそろそろ限界だわ）

外歩きが好きで、乗馬を日課にしていたシルヴィアでさえこのザマなのだ。深窓の姫君が同じことをしたら倒れるのでは？　と真剣に思えてきた。

そのため、

「――王妃様、そろそろ無礼講となりますので、このあたりでお部屋に戻りましょう」

と、女官がささやいてくれたときは（やっとゆっくり休める……！）と感動したほどである。

多くの賓客がほどよく酔っ払い、管弦楽団に代わって大道芸人や道化師が出てくると、格式張った舞踏会はたちまち楽しいお祭りの場になる。

その喧噪《けんそう》の中をこっそり抜けだし、これからの自室となる王妃の部屋に入ったシルヴィアは、ほーっと大きく息を吐き出してしまった。

「お疲れ様でございました、王妃様。王城に入られたばかりですのに、堂々としておいでで大変素晴らしかったです」

年かさの女官にそう褒められて、シルヴィアは「ありがとう」とほほ笑んだ。

「けれど、さすがに疲れたわ。お風呂は用意できていて？」

「もちろんでございます。このあとは初夜ですからね。しっかりお支度いたしましょう」

あとは化粧を落として眠るだけだという気持ちでいたシルヴィアは、女官の言葉によってハッとそのことを思い出した。

(そ、そうだわ、まだ初夜があった……！)

最初の挨拶でウィルフレッドが初夜をほのめかしたことと、結婚式の誓いのキスで舌を入れられたことも同時によみがえって、シルヴィアはボンッと真っ赤になった。

「まぁ、お可愛らしいこと」

初心な反応に女官たちはころころ笑って、固まってしまったシルヴィアをあれよあれよと浴室へ連れて行く。晩餐会《ばんさんかい》用の藍色のドレスから下着まで剝《は》ぎ取《と》られて、いい香りのする乳白色の湯へと入れられた。

「なにか、初夜に際して不安なことがあればお話しください。王妃様付きとなる女官は半数が既婚者で、わたしをはじめ出産経験がある者もおります。なんでもお話しください」

お疲れ様でしたとねぎらってくれた年かさの女官にそう声をかけられて、シルヴィアの胸にありがたい気持ちと気まずい気持ちが同時に押し寄せてきた。

「あの……あの、ね、こういうことを言っては申し訳ないのだけれど」

女官が祖国の母と同い年くらいだと気づいたシルヴィアは、寄る辺ない子供のような面持ちになる。

「なんでございましょう、なんでもおっしゃってくださいまし」

「……その、わたしの結婚相手はファウスト様だったはずでしょう？　だから、その、初夜に限らず閨《ねや》のことに関しては、あの……看護のようにすべきだと教えられてきたの」

恥を忍んで打ち明けると、年かさの女官のみならず、身体や髪を洗ってくれていた女官たちもハッとした面持ちで手を止めた。

「ふ、普通なら、旦那様にすべて任せて、なにもせずにおきなさいと言われると思うの。でもファウスト様がお相手の場合、わたしこそがすべてリードするくらいでないと、子は為《な》せないと言われたものだから……」

女官たちが目を丸くするのがいたたまれなくて、シルヴィアの声もどんどん小さなものになる。

この事実だけで絶句している女官たちだ。自分がどういったことを教わったかを具体的に伝えたらひっくり返ってもおかしくない。

「だから、ええと……」

結局なにが言いたいのだっけと半ば混乱しつつ言葉を続けようとしたときだ。

突如、浴室の扉が勢いよく開いて、全員が跳び上がるほどに驚いた。

「──まぁ、ウィルフレッド殿下！　……あ、いえっ、陛下」

驚きのためか、年かさの女官があわてて言い直す。

扉をくぐるようにして入ってきたのは、ガウン姿のウィルフレッドだった。彼も湯を使ったのだろう。黒髪の先にわずかに水滴が滲んでいる。

「すまないな。王妃がなかなか寝室にこないので、溺れているのではないかと不安になったのだ」

不安になったと言う割に、表情も言い方もどこか不遜でとげとげしい。シルヴィアは乳白色の湯にあわてて肩まで浸《つ》かった。

「そ、それはご心配をおかけしました。ご覧の通り無事ですので、先にどうぞ寝室にお入りになって――」

「残りはおれがやろう。見たところ髪も洗い終えたようだし、もう上がるだけだろう?」

とんでもないことを提案されて、さっさと出て行ってほしいと思っていたシルヴィアはあんぐりと口を開ける。

女官たちも驚いた様子だったが、彼女たちは顔を見合わせるとすぐ浴室を辞していった。

「タオルと、お着替えの夜着はこちらに置いてありますので」

年かさの女官など、脱衣所に用意されたものをてきぱきと説明までしている。そしてシルヴィアがあっけにとられている間に、彼女たちはさっさと出て行ってしまった。

「ちょ、ま、待って……」

あわてて呼び止めるも浴室の扉はパタンと外から閉ざされる。

片手を伸ばしたまま呆然と固まるシルヴィアに対し「これで邪魔者たちは消えたな」とウィルフレッドは清々した面持ちで言いきった。

「……邪魔者とはなんですか、入浴の世話をしてくれた女官たちに対して！　というか、出て行ってください。女性の浴室に入ってくるなんて、なにを考えておいでですか」

するとウィルフレッドは少々ばつが悪そうな顔になった。一応、失礼なことをしている自覚はあるようだ。

「溺れているか心配になったのは本当だ。返答があればそのまま待っていると引き下がるところだったが……なにやら聞き逃せない言葉が聞こえてきたからな」

「聞き逃せない言葉？」

「閨ごとを看護だと言っていただろう」

ズバリ指摘されて、シルヴィアは「聞こえていたの？」とうろたえた。

「き、気に障ったのなら申し訳ないけれど……でもわたしは朝ここに登城するまで、結婚相手はファウスト様だと信じていたのよ？　だから――」

忙《せわ》しなく視線を泳がせながら弁解するシルヴィアに対し、ウィルフレッドはあわてて

「わかっている」と言葉を挟んできた。

「別に謝らなくていい。わかっているから。ただ、おれが言いたいのは」

一度ゴホンと咳払いしたウィルフレッドは、心なしか目元を赤らめながらもきっぱり言った。

「祖国で仕込んできたその手の知識は、もれなく全部忘れてくれ。知識も……もしかしたら技術もあるかもしれないが、とにかく全部、きれいさっぱり、忘れるんだ」

一文一文をわざわざ区切って強調してくるウィルフレッドに、シルヴィアはよけいに混乱した。

「忘れるって、どうして——」

「決まっている。おれが新たに教え込むからだ」

恥ずかしげもなくきっぱり言われて、シルヴィアはまたあんぐりと口を開けてしまう。

「お、教え込むって……」

「さっそく、授業といこうか？」

いたずらっぽくほほ笑まれ、シルヴィアの胸がドキッと大きな音を立てる。

太い指先で顎をすっと持ち上げられ、止める間もなくくちびるが重なってきた。

「んむ……っ」

驚きのあまり妙な声が漏れる。ウィルフレッドはくちびるを重ねたまま小さく笑って、さらに強くくちびるを押しつけてきた。

逃げようにも大きな手のひらに後頭部を押さえられているため、身動きできない。

それより彼の舌がぬるりと入り込んできたことで、身体の芯が妙に揺らぐような感覚が芽生えた。

「ん、ふ……っ」

歯列の裏を舌先でなぞられ、なんだか眉間のあたりがむずむずしてくる。彼の手がシルヴィアの髪を掻《か》き分《わ》け、地肌に直接ふれてくるのにもドキドキした。

「そっちも舌を出せ……もっとからませて」

「ん、あ……」

言われたとおりに舌を伸ばすと、さっそく彼の舌がからみついてきて、ふれあう粘膜がくちゅっと水音を立てる。

なんとも卑猥《ひわい》で生々しい音と感触だ。それなのに、妙にふわふわした気持ちになるのはなぜだろう？

「――さすがに、浴室で初夜を行うわけにはいかないな」

不意にウィルフレッドがつぶやいて、湯の中に両腕を入れてくる。次のときにはシルヴイアは横向きに抱え上げられた。

「きゃあああ！」

浴槽の湯が波打つバシャン、バシャン！　という音を上回るほどに甲高い悲鳴を上げてしまう。

抱え上げられるのもまだ慣れないのに、この上で素っ裸を見られるなんて……！

「ちょ、ちょっと、見ないでよ……！」

「これから初夜だぞ？　なにを言っているのだ」

「そ、それはそうだけど！　でも初夜ならきちんと身支度して、格式を整えた上で顔を合わせるのが普通なわけで――！」

「面倒くさい」

バッサリ言いきったウィルフレッドだが、さすがに濡《ぬ》れたまま寝台に入るのは風邪を引くと思ったのだろう。脱衣所の椅子にシルヴィアを下ろすと、適当にタオルを引っぱり出して彼女の頭をガシガシと拭いた。

「乱暴にしないで――！」

「注文が多いな。姫君なんてそんなものだろうが」

「わかっているなら、もう少し敬意を持って接してちょうだい！」

ウィルフレッドからタオルを奪い取って、シルヴィアはあわてて身体を隠した。

「今さら隠しても遅いぞ。一通りバッチリ見た」

「たとえそうだとしても！　それを口にしないだけの品位というか、気遣いを持ってちょうだい！」

脱衣所の端に衝立《ついたて》が置かれていたことに気づき、シルヴィアはあわててその向こう側へと避難する。

ウィルフレッドは声を立てて笑った。

「玄関ホールで再会したときは『昔に比べておしとやかになった』と思ったが、中身はじゃじゃ馬のままだな」

「悪かったわね、可愛らしい深窓の姫君ではなくて！」

「いや、今のままでいいさ。それにじゃじゃ馬も可愛いものだ。手がかかるぶん、より愛着が湧くからな」

「それは……もはやじゃじゃ馬ではなくて、暴れ馬のことを言っていない？」

衝立越しにじろりとそちらをにらむと、ウィルフレッドが背中を丸めて笑っている気配がしてきて、シルヴィアはムカムカしながら髪と身体を拭いた。

「――追加のタオルはいるか？」

「あれば嬉《うれ》しいわ。それと、夜着とかガウンとか、なにか着るものをくださらない？」

シルヴィアのいる場所にはそれらしいものがないのでお願いしてみたが「却下だ」とあっさりはねのけられた。

「どうせすぐに脱ぐんだ。着るだけ時間の無駄だ」

「あなたねぇ、形式とか格式とかを重んじる気はないの？　仮にも一国の王でしょう」

「そちらこそ国王である夫の意向を尊重する気はないのか？　夫が裸でいいと言うなら、それでいいではないか」

「よ・く・あ・り・ま・せ・ん！」

一言一言にとんでもないという心情を込めて言いきってやるが、相手はあいかわらず肩を揺らして笑うばかりだ。腹立たしいことこの上ない。

だが衝立の上から新しいタオルは出してくれた。腰まである長い髪はタオルを何枚か使わないとすぐに雫《しずく》が落ちてくる。しっかり乾かさないと翌日にひどいことになるため、こればかりは譲れない。

「――そろそろいいか？　おれのほうは湯冷めしてきて、そろそろ暖まりたいところだ」

ちょうど「これくらいなら大丈夫か」というところまで拭けた頃に、ウィルフレッドが声をかけてきた。

「さ、先に寝室に入っていてくださらない？」

そうすれば夜着やガウンを着ていけるのだが……。

「却下だ」

願いもむなしく、ウィルフレッドが衝立をずいっとよけて近寄ってくる。そしてまごつくシルヴィアをまたお姫様のように抱え上げた。

「あ、あなた、女性をこうやって抱っこするのが好きなの？」

そういう趣味嗜好《しこう》の人物とでも思わないと、異常なほど抱き上げられていると感じるところだ。

「あなたはじゃじゃ馬だからな。こうして抱き上げていないと、勝手にどこかに走り出ていくかもしれないだろう？」

「暴れ馬の次は脱走馬ですか！」

いちいち馬に例えられるのも心外だ。だが言い返すより先に寝室に到着してしまう。天蓋付きの大きな寝台を前に、さしものシルヴィアも口をつぐんだ。

「緊張してるのか？」

シルヴィアの身体のこわばりを察してか、ウィルフレッドが意外そうに目をまたたかせる。

「わ、わたしは馬ではありませんので、こういうことを前にすれば、それなりに緊張も不安も覚えます」

「その割に堂々とした口調は崩さないな」

「怖がって震えていたほうがよかったですか？」

「いいや、あなたはそのままでいい」

ウィルフレッドは縮こまるシルヴィアを寝台に下ろすと、彼女がしっかり握ったままのタオルに手をかけた。

「この邪魔なものはさっさと捨ててほしいのだが？」

「ちょ、ちょっと心の準備が」

「そんなものが整うのを待っていたら朝になりそうだな？」

ウィルフレッドは楽しげに笑ったが、無理にタオルを引っぺがそうとはしなかった。代わりにシルヴィアの後頭部に手を入れ彼女の顔を少しだけ上向かせると、覆いかぶさるようにして口づけてくる。

「ん……っ」

あっという間に彼の舌が入ってきた。シルヴィアが喘《あえ》ぐような声を漏らすと、彼はさらにシルヴィアの腰まで自分の身体に引き寄せる。

タオルとガウンという布があいだにあるとはいえ、ドレスや礼服で抱き合うのとはまったく違う心許《こころもと》なさだ。彼の身体の熱さまで伝わるようで、頭がくらくらと熱くなってくる。

「ん、ぁ……」

舌をから め取られて、くちゅくちゅ音を立てながら擦り合わされる。喉の奥がカッと熱くなって、唾液がいっそう湧いてくる気がした。

「ふぅ、ん……っ」

角度を変えて何度もくちびるを合わせ、舌を擦り合わせる。

彼の舌先がシルヴィアの舌の裏あたりをこすってきたときだ。頭に抜けていくような気持ちよさを感じて、シルヴィアは「んんっ……！」とうめいてのけぞった。

明確な反応があったせいか、ウィルフレッドはそこばかり重点的に狙って舐《な》め上げてくる。シルヴィアはびくびくっと身体を揺らして、無意識に腰をよじった。

舌をからめるだけでなく、あえてくちびるを軽く合わせるだけのキスをくり返されたり、下くちびるだけを優しく食《は》まれたりと、いろいろな刺激を与えられる。

そのたびに頭の中がぼうっとして、喉の奥がカラカラしてきた。

「も……息が……」

唾液が口内にあふれんばかりになってしまい、あわてて彼の胸を叩いて苦しさを訴える。

ウィルフレッドはすぐに退いてくれた。

「大丈夫か？」

はぁはぁとを呼吸を整えるシルヴィアを見て、ウィルフレッドがなだめるように彼女の髪をなでてくる。

思いがけず親切にされて、シルヴィアの胸がとくんっと甘くうずいた。

「暑いな……。湯冷めしたかと思ったのに」

そう言いながら身体を起こした彼は、ガウンの帯を解いて一息に裸になる。

ぼうっとしながら彼を見つめていたシルヴィアは、突如現れた男の裸に「きゃっ」と目を見開いた。

「い、いきなり脱がないで……っ」

「そうは言っても最終的には脱ぐぞ？　遅いか早いかだけだ」

「それはそうでしょうけども……！」

ガウンを寝台の外に放り投げた彼は、シルヴィアのタオルをちょいと引っぱった。

「そっちもさっさと外したらどうだ？　少なくとも――」

「あ、ちょっ……、あっ！」

「胸くらいは見せてくれ」

タオルをぐいっと下に引っぱられて、胸が露わになる。あわてて隠そうとするも腕を取られ、両方の手首をまとめて頭の上に縫い止められてしまった。

「……！」

おかげで胸を突き出すような格好になってしまい、羞恥にカッと目元が熱くなる。

だがシルヴィアの両胸を見つめるウィルフレッドは思いがけず真剣な顔つきだった。

「な、なによ……文句でもあるのっ？」

沈黙があまりに気まずくて、つい喧嘩腰《けんかごし》になるシルヴィアだが。

「いや、文句どころか……想像以上に大きい上、きれいな形だから、見とれていた」

「は……」

「芸術品みたいだな」

「……」

いやらしい目で見られたり冷やかされたりするよりマシだが、大真面目な顔で言われるのも、それはそれで反応に困る。

押し黙ったシルヴィアに気づいてか、ハッとした面持ちのウィルフレッドは少し顔を赤らめた。

「つまり、アレだ。こんなにきれいなのだから、隠す必要もないだろうってことだ」

「そ、それとこれとは話が別！　それと手を離してちょうだい」

「この美乳を愛《め》でるほうが先だ」

きっぱり言いきられて、ついでに彼の顔がシルヴィアの胸に近づいていく――。

「な、ちょっと……！　んあっ⁉」

なにをするつもりかと身構えた瞬間、右の胸にぬるりとした感覚を覚えてシルヴィアはびくんっと腰を跳ね上げた。

「あ、あ、なに……きゃっ」

うろたえるあいだにも二度、三度と乳房に濡れた感覚が降りてくる。あわてて見てみれば、彼がシルヴィアの真っ白な乳房にキスをくり返しているところだった。

「ひゃ、あ……っ、く、くすぐったい……！」

「マシュマロのように柔らかいのが悪い。大理石みたいなきめの細かい肌をしているくせに、さわるとこんなに柔らかいとは……反則だ」

ブツブツと文句を言われるが、そこでしゃべらないでとシルヴィアこそ言いたい。彼の呼吸が当たるだけで、肌が熱くなって平静ではいられなくなる。

「ここも、さわるぞ」

「ひゃあっ……！」

許可する前に指先で乳首を軽く圧されて、シルヴィアは背をのけぞらせた。

乳首に関してはくすぐったい以上に肌の内側がジンジンしてきて、ひどく感じてしまう。

シルヴィアの様子からそれを察したらしく、ウィルフレッドは彼女の左の乳首を指先でくにくにいじりながら、右の乳首にぬるっと舌を這《は》わせてきた。

「あぁっ……！」

思わずびくんっと反応すると、彼はいっそう熱心に舌を這わせてくる。

そのうち平らだった乳首は徐々に硬くなって、存在を主張するように勃ち上がってきた。

「は、あぁ、んっ……！」

芯が通ったようになった乳首はより鋭敏になって、舐められたりこすられたりするうちに甘く痺《しび》れるような愉悦を生み出すようになる。

「ふあぁぁ……っ」

くすぐったさと紙一重の気持ちよさに、シルヴィアはふるふると睫毛《まつげ》を震わせた。

「舐めるのと、こうやってこするの、どっちがいい？」

上目遣いにシルヴィアの様子を見つめながらウィルフレッドが尋ねてくる。

「ど、どっちも……だめぇ……っ」

舐められるのもジンジンするし、こすられるのもキュンキュンする。どちらも総じて心臓に悪い刺激だ。こんなにドキドキするのだから絶対にそうだ！

「なるほど、どっちもいいということか」

ウィルフレッドは満足げにつぶやき、今度は左の乳首を指先でこすって、右の乳首を舐め転がしてくる。

さらには乳輪ごと右の乳首をぱくりと咥《くわ》えられて、シルヴィアは「あぁんっ！」と自分でもびっくりするような甘い声を出してしまった。

そのままジュッと吸い上げられて、肌の内側がきゅうっとするほどの愉悦を感じて震えてしまう。

「あぁああう……！」

びくびくっと細い身体を跳ね上げるシルヴィアに、ウィルフレッドがふぅっと大きく息をついて身体を起こした。

そしてシルヴィアの腹部に引っかかっていたタオルを、さっさと遠くへ放り投げる。

「あ、きゃあっ……！」

手首が解放されたシルヴィアはあわてて自分の身体を掻《か》き抱《いだ》いて隠そうとするが、それより先に再びウィルフレッドが彼女の胸に吸いついてきた。

「んあぁあう……！」

おまけにシルヴィアの足のあいだに、ウィルフレッドも片足をぐっと入れてくる。彼の太腿《ふともも》がシルヴィアの足の付け根にぐっと押し当てられた。

「や、あっ、んっ！」

とまどううちに腰を抱えられて、ウィルフレッドと身体がぴたりと密着する。そのままキスをされて、シルヴィアはとっさに彼の背にしがみついた。

「ん、んぅっ、んぅ——……ッ！」

荒々しく舌を絡まされて、突然の激しさにシルヴィアは目を白黒させる。

ジュッと音を立てて舌を吸われたときには頭が真っ白になる気がして、身体が勝手にびくびくっと跳ね上がった。

「はぁ、んっ、うぅ……！」

同時に胸のふくらみを少し強めに揉《も》まれる。指の股に乳首を挟まれた状態で揺らされるのが気持ちよくて、つい身をよじって感じてしまった。

「んんっ……！」

身をよじるたびに彼の太腿に圧される足の付け根あたりが熱くなって、むずがゆいようなもどかしい感覚が湧き起こった。

「ん、あっ、はぁ、陛下……ウィルフレッドさま……っ」

嵐に揉まれるような激しさに、つい喘ぐように彼を呼ぶと。

「ウィルだ」

すぐ耳元でささやかれて、シルヴィアはその声にすらびくんっと身体を揺らして反応してしまった。

「ん、ぁ、ウィル……？」

「そうだ。閨でくらい……そう呼んでくれ。シルヴィア」

自分の名前も呼び捨てにされて、シルヴィアはどきんっと胸を高鳴らせる。思わず彼の背を抱く腕にぎゅっと力が入った。

「ん、ふっ……」

抱き合った状態でキスをするとよりドキドキしてくる。その状態で胸を揉まれるともっと気持ちよく感じられて、頭の中がかき乱されるようだった。

身をよじるたびに秘所が熱くうずいて、無意識のうちにそこをウィルフレッドの太腿に擦りつけてしまう。

「は、ぅ……んんっ……！」

ウィルフレッドもわずかに足を動かして、シルヴィアの秘所をぐりっと圧してくる。恥ずかしいのに気持ちよくて、シルヴィアはいつしか自然と腰を揺すっていた。

「ふ、うぅ……っ」

そうするうち、二人の身体のあいだに挟まれたウィルフレッドの肉竿が、どんどん硬さと質量を増して熱くなっていくことに否応《いやおう》なく気づく。

先ほどちらっと見たときも大きかったそれが、より張り詰めているのかと思うと少し怖いのだが……同時に得も言われぬ興奮も感じて、シルヴィア自身も熱くなる。

(ウィルフレッド……ウィルも、わたしにふれて興奮しているの？)

祖国で行った閨教育では、男性は興奮するにつれてその象徴を熱くたぎらせるのだと教わった。

——だから自分が手でも口でも使って、そこを刺激して勃起させてあげることが大事だと言われたのだが。

(ウィルの場合、わたしのそういう手助けはまったく必要としなそう)

むしろ彼の愛撫《あいぶ》によって高められているのはシルヴィアのほうだ。

あちこち熱くて、息が上がって、心臓はずっとドキドキしている。

「あ、やぁ、ちくび……っ、あん、だめぇ……！」

指先でくりくりといじられた乳首を軽く引っぱられて、肌の内側に沁《し》みる甘い苦しさにびくびくっと全身が震える。

思わずいやいやと首を横に振ると、ウィルフレッドは今度はシルヴィアの耳孔をぺろっと舐めてきた。

「ひんっ」

思いがけない刺激に全身がびくっと反応する。

「ここも、感じそうだな？」

「や、だ、だめ、あっ」

大きな手にやんわりと頭を固定されて、耳孔をチロチロと舐められる。尖《とが》らせた舌先で刺激されると、頭の奥を掻《か》き回《まわ》されている感覚がして「あぁああ……！」とあられもない声が漏れた。

「はぁっ……そんなに甘い声を出して」

ぺろっと舌でくちびるを舐めたウィルフレッドは、不意に身体を離すと、シルヴィアの太腿に手をかけてくる。

「な、なに……？　あっ！」

気づいたときには両足がぐっと持ち上げられて、秘所を見せつけるように左右に開かされてしまった。

「や、やっ……！」

「……濡れているな」

自分の太腿で刺激していた部分が、しっとりと濡れてヒクついているのを確認して、ウィルフレッドが少しほっとしたようにつぶやく。

一方のシルヴィアはカッと首まで真っ赤にして「み、見ないでっ」とうろたえた声を出した。

「無理なお願いだな。今度はこちらをほぐす」

「ほ、ほぐすって、なにを――きゃう!」

いきなり濡れた襞《ひだ》のあいだを指先でなでられ、シルヴィアは驚くと同時に無意識にあとずさった。

「そ、そこは、さわっちゃ駄目よ……!」

「無茶《むちゃ》を言う。さわらないで、この先をどう進めるのだ?」

「あっ」

ぬるっとした感覚とともに、彼の指が膣口から中へ入ってくる。

「痛むか?」

シルヴィアが身体をこわばらせたのに気づいてウィルフレッドがすかさず尋ねてくる。

シルヴィアは一気に緊張しながらも、ふるふると首を横に振った。

「い、痛くは……ない、けれど」

「なら、もう少し奥を探らせてくれ」

「ひっ」

ずっ、と彼の太い中指が第二関節まで入ってきて、シルヴィアはくちびるを震わせた。

「あ、だ、だめ、変な感じなの……っ」

痛みはないが、あり得ないところに指が入っている感覚はそうそう許容できるものではない。思わず彼の肩に手を置いて押しのけようとしてしまう。

だがウィルフレッドはやんわりとシルヴィアの手を払った。

「また気持ちよくなれば変わるさ。もう少し足を開いて」

「それも無理……!」

「わがままな王妃様だな」

あきれているような言葉に反してウィルフレッドは楽しげににやりと笑う。そしてシルヴィアの足を左右にさらに開かせると――なんと彼女の秘所に顔を伏せてきた。

「ひあっ!?」

直後、指が沈む部分の少し上あたりにぬるっとした温かさを感じて、シルヴィアはびくっと腰を跳ね上げる。

見れば、舌を伸ばしたウィルフレッドがシルヴィアの秘所を舐めているところだった。

「……っ⁉　な、なにして……！　きゃぁあ！」

指が沈められている部分の上あたりを舐められた瞬間、腰の奥がカッと熱くなるほどの愉悦が生じてシルヴィアは目を見開く。

ウィルフレッドはシルヴィアの反応を見ながら、さらに執拗《しつよう》にそこを舐め転がしてきた。

「や、やぁ、あっ……！　なにが……、やあぁぁ……っ！」

どうしてそこばかり感じてしまうのか。とまどいながら声を上げると、ウィルフレッドが「ここが女性の感じるところだ」と教えてくれた。

「ここの、ふくらんだ花芯の部分。こうして包皮を剝《む》いて――」

「ひ、あっ」

「直に舐められると、天に昇る心地だと聞くぞ？」

「――んあぁああ！」

言うが早いがぬるぬると舐《な》め回《まわ》されて、シルヴィアは喉を反らして甘い声を上げてしまう。

天に昇るというより快楽に翻弄されている気分だ。舐められるたびに腰の奥が蕩《とろ》けそうに熱くなり、腰が勝手にビクビクと跳ねる。

彼の指を咥えた蜜壺がきゅうっとうねり、最奥から熱いなにかが湧いて出てきた。

「ほう、もっとあふれてきたな」

「んあぁあう！」

埋められたままの指が軽く曲げられる気配がして、シルヴィアはびくんっと身体を揺らす。

彼のざらついた指の腹がちょうど花芯の裏あたりを刺激して、得も言われぬ快感を生み出したのだ。

「あ、あ、だめ、一緒には……だめぇ……っ」

「なるほど、一緒に刺激されるのがいいと」

「ちがっ、本当にだめ——んあぁあう！」

止める間もなく花芯を舐められ、裏側を指でこすられる。下肢から立ち上る快感のあまりのすごさに、シルヴィアの瞳に涙が滲んだ。

「あ、あぁ、はぁあう、あぁあ……！」

乳首にしたのと同じように花芯を舐め転がされ、指先がビクビクと引《ひ》き攣《つ》るほどに感じてしまう。

それなのに蜜壺に埋められたままの指まで動かされて、内と外、両方からの刺激に頭がおかしくなりそうだった。

「あ、あぁ、だめ……、ああああう……っ！」

ジュッと音を立てて花芯が吸われて、腰がびくんっと大きく跳ね上がる。

指が動くたびにぐちゅぐちゅという水音も聞こえていて、恥ずかしさと気持ちよさで全身が真っ赤になった。

「はぁ、あぁあ、あ、あ、あっ……！」

小刻みに指を抜き差しされて、水音がより大きくなる。濡れた蜜襞のあいだを指が行き来するのが気持ちいい。

「これならもう一本いけそうだ」

「あ、あ、あぁあ……っ！」

中にずくっと入ってくる指が二本に増やされる。圧迫感が大きくなって少し苦しくなったが、花芯を舐められるとたちまち意識がそちらに持って行かれた。

「んあっ、も、な、舐めないでぇ……っ、なにか……漏れそう……っ」

肌の内側を掻《か》きむしりたい衝動とともに、失禁しそうな怖さも出てきて、シルヴィアは涙目でいやいやと首を横に振る。

だがウィルフレッドはやめるどころか「正しい反応だ」と言って、花芯をくちびるで挟んでしごくように刺激してきた。

「んあぁあああ……っ！」

腰が抜けそうなほどの気持ちよさに、シルヴィアはたまらずすすり泣く。

同時に尿意のようなうずきがいっそう大きくなって、シルヴィアはいやいやと首を横に振っていた。

「はっ、あ、だめ……本当にだめ……！　漏れちゃうぅぅ……っ」

しかしウィルフレッドは止まらず、それどころか、

「別に漏らしてもかまわない」

と言いきった。

実際にそんなことになったら目も当てられないだけに、シルヴィアはいやいやと首を振り続けるが、

「ひああ！　あ、あぁあ、あぁあう！」

ウィルフレッドがより執拗に花芯を舐め転がし、中に埋めた指でその裏を刺激してきたために、たまらず腰をビクビクッと跳ね上げて身悶《みもだ》える。

後頭部を枕に擦りつけながら徐々に身体を反らしたシルヴィアは、花芯を強めにジュッと吸われた瞬間、頭が真っ白になるほどの気持ちよさに包まれた。

「んあぁああ――ッ……!!」

甘い悲鳴を上げながら全身をしならせたシルヴィアは、一拍遅れてがくがくと全身を震わせる。

身体全部が浮き上がるような感覚を覚えるが、次のときにはどっと汗が噴き出して、寝台にぐったりと身を投げ出してしまった。

「はぁ、はぁ、はぁ……っ」

息が上がって、なかなか整わない。全力疾走したかのように心臓もバクバクと激しく脈打っている。

(なに……今の……)

募りに募った快感が弾けるような感覚だった。それなのに心地いい熱がまだ身体に残っている。

「達したみたいだな」

ウィルフレッドにそう声をかけられて、ぼうっとしていたシルヴィアはハッと彼に目を向けた。

「達する……?」

「絶頂とも言うな。男で言うところの射精みたいなものだ。男と違って、女性は一度の行為で何度でもいけるみたいだが」

何度でも、と想像して、シルヴィアはあわてて首を横に振る。一度の絶頂でこれほどぐったりしてしまうのだ。これを何度も……なんて、むしろ身体に悪い気がする。

「気持ちよかったか?」

顔をこわばらせるシルヴィアを楽しげに見つめながら、ウィルフレッドがそっと彼女の頬に手を当てて尋ねてくる。

彼の手のひらの熱にドキッとしながらも、シルヴィアはおずおずと答えた。

「わ、わからない、わ。はじめてだもの……」

「そうだよな。何度か経験して慣れてくれれば、また違うだろう」

気分を害してもおかしくない返答であっただろうに、ウィルフレッドはあっさりと受け入れてシルヴィアの頭をなでてくる。彼の度量の大きさを見た気がして、シルヴィアはまたドキドキしてきた。

「ここで終わりにしてやりたいが……あいにくそれだと、おれのほうが収まらない」

シルヴィアの額にチュッと口づけてから、ウィルフレッドは彼女の足を再び大きく開かせた。

まだ甘く痺れているような蜜壺の入り口に、丸い笠《かさ》の先端がぐっと押し当てられて、シルヴィアはドキッと心臓を揺らす。

蜜口はさらなる刺激を求めるようにヒクついているが……。

いざウィルフレッドがぐっと肉棒を進めてくると、弛緩《しかん》していた身体はたちまち緊張して硬くこわばった。

「いっ――」

指とは比べものにならない質量のものが押し入ってきて、シルヴィアはたまらず歯を食いしばる。

ウィルフレッドも眉間に皺《しわ》を寄せながら「力を抜け」とつぶやいてきた。

「む、り――……んんっ」

「息を吐けって」

だが彼のものが進んでくるたびに息が詰まって、熱くなっていた身体も硬くなっていく。

固く閉じた眦《まなじり》の端から涙までこぼれてしまうが――身をかがめたウィルフレッドが、くちびるで涙を拭ってくれる気配がした。

「ウィル……?」

「悪いな。この痛みばかりは代わってやることができない」

そっと目を開けて見てみると、鼻先がふれ合いそうな距離に彼の顔があって、シルヴィアの胸が懲りずにどきっと高鳴った。

彼のほうも苦しげに眉間に皺を寄せていて、頬に滴る汗と相まって、かなりつらそうな様子に見える。

「ウィルも痛むの……？」

思わず問いかけると、彼はかすかに笑って「いや」と首を横に振った。

「痛くはない。だがもどかしいんだ。できれば動いて、気持ちよくなりたいんだが」

「動いていいわ」

シルヴィアはなぜだか即答していた。

ただ挿入されるだけで痛いのだから、動かれたらもっと痛いはずだと、考えずともわかりそうなものだ。

しかし、なぜだか彼が苦しい顔をしているほうが、自分が痛いことよりつらいと思えたのだ。

「もう少し馴染《なじ》ませてからだ。キスさせてくれ――」

シルヴィアが返事をするより先にウィルフレッドはくちびるを重ねてくる。

シルヴィアも下肢の痛みから気をそらせたくて、みずから舌を伸ばして彼の舌にからませた。

ウィルフレッドにぐっと腕を持ち上げられて、自分の背に抱きつくようにと誘導される。

シルヴィアがしっかり抱きつくと、ウィルフレッドも彼女の細腰に腕を回して力強く抱きしめてくれた。

彼の一部を自分の身体に迎えた状態で、しっかり抱き合って、舌を絡ませてキスをする……。なんとも親密な仕草だ。世の夫婦はこんなふうにふれ合うのかと、新鮮な驚きとともに深く実感してしまう。

（こんなふうに、夫となったひととふれ合う日がくるなんて）

朝、この城に入るまではまったく考えなかったことだ。それだけに不思議な感慨に包まれる。

そのせいだろうか、身体の緊張がだんだん解けてくるのがわかった。舌を絡ませているうち、頭の奥にチリチリするような気持ちよさが戻ってきたせいかもしれない。

「ん、ふ……っ」

シルヴィアが声を漏らすと、ウィルフレッドがはぁっと息をついて、彼女の腰に回していた手を動かしてくる。身体の線を確かめるようになでていた彼の手が、やがてシルヴィアの乳房に行き着き、やんわりとふくらみを揉みはじめた。

「んんっ、ふぅ……っ」

彼の指先が乳首にふれるのにびくんっと反応すると、ウィルフレッドはすぐにそこを指先でくりくり刺激してくる。

シルヴィアも彼の舌に己の舌を絡ませ、熱い粘膜同士をぬるぬるとすり合わせた。

「は、はふ……っ、ん、んぅ、んっ……！」

だんだん身体が気持ちよさを思い出して、彼をくわえ込む蜜壺もじんわり熱くなってくる。

ウィルフレッドもそれに気づいたのだろう。はぁっと大きく呼吸すると、シルヴィアの腰を抱え直した。

「すまない、動くぞ――」

律儀に断ってから、ウィルフレッドはゆっくり腰を引いて、またずんっと突き込んでくる。

「あんっ！」

腰の奥にずんっとくる刺激にシルヴィアはたまらず背をしならせる。

一度動くともう止まれないのか、ウィルフレッドは一度身体を起こすと、シルヴィアの足をぐっと持ち上げた。

「あぁあう……っ」

膝が胸につくほどに足を上げられて、彼をくわえ込む秘所がシルヴィアの目からも見えるようになる。

なんとも卑猥な様子にシルヴィアはカッと目元を赤らめるが、ウィルフレッドは彼女の腰をしっかり摑《つか》むと、ほとんど真上から突き込むように腰を進めてきた。

「あぁあん！」

ずんっと上から突かれて、腰の奥の一番熱いところが直に刺激される。

そこが一番気持ちいいところだとシルヴィアが本能的に悟る中で、ウィルフレッドは「すぐに終わらせる」とうなるように言った。

「というか、そう長く保《も》たない。そんなに締めるな――」

「わ、わからな……んあぁあう……！」

ずんずんと抽送がはじめられて、シルヴィアはたちまちその動きに翻弄される。

何度も突かれるうちに身体の最奥がさらに熱くなり、再び愉悦を立ち上らせてきた。

「あ、あぁう、んあ、あ、ああ！」

深くまで突かれるたびに、新たに滲んだ蜜がじゅぷっと卑猥な音を立てる。

引き伸ばされた襞は痛むが、丸い亀頭が届く奥は気持ちよくて、痛みと愉悦の両方にシルヴィアはたちまち惑乱させられた。

「はっ、あぁ、あぁあ、あっ！」

シルヴィアが甘い声を漏らすと、ウィルフレッドもたまらないという様子で腰の動きを速くしてくる。

彼の荒い息づかいが聞こえるたびにシルヴィアの胸もドキドキして、また絶頂に向かうせっぱ詰まった感覚が募ってくるが……。

「ぐ、ぅ、……うぅっ！」

ほどなくウィルフレッドが低い声を漏らして、腰をひときわ激しく突き入れてきた。

「んあぁあう！」

指が食い込むほど強い力で腰を摑まれ、シルヴィアもびくんっと背をしならせる。

ほどなくして、蜜壺を圧迫していた肉棒からどくんっと熱いなにかが注がれるのが伝わってきた。

「あ、あ……」

お腹《なか》の中にじんわりと広がっていくものを感じて、シルヴィアはとまどいと驚きで小さく震える。

はぁはぁと息を切らしながら縮こまっていると、緩やかに腰を動かしていたウィルフレッドが、ゆっくり肉棒を引きずり出した。

「あっ……」

それが入っていたときは圧迫感と痛みでつらかったのに、いざ抜かれると喪失感のようなものを感じて、シルヴィアは驚く。

そろそろとウィルフレッドをうかがうと、彼はふーっと大きく息を吐いて、汗で張りつく前髪を片手で掻きあげていた。

その仕草に気だるげな色気を感じて、シルヴィアはどぎまぎする。思わず目をそらすと、ウィルフレッドが「大丈夫か?」と心配そうに声をかけてきた。

「だ、だいじょうぶ……」

「そうか。無理をさせたな」

いたわるようにシルヴィアの髪をなでた彼は、そのまま彼女の身体を抱き寄せるとちゅっとキスしてきた。

「ん……」

自然とくちびるを開くと、彼もまた自然な仕草で舌を差し入れてくる。

最初にされたときは卑猥なことこの上ないと思っていたキスなのに、今は頭の中が蕩けそうなほど気持ちよく感じる……。

「疲れただろう。もう眠るといい」

その上で優しい言葉をかけられると、疲れ切った身心がふんわりと温かくなってくる。

素直に目を閉じると、あっという間に眠気がやってきた。

彼が大きな手で髪をなでてくれるのを感じる。額に愛《いと》おしげにキスをしてくれる気配も。

それがあまりに心地よくて、とても安心できて、気づけばシルヴィアはウィルフレッドの腕に抱かれたままぐっすりと眠り込んでいたのだった。

第二章　大切にされる日々

　ピチチ……と小鳥の声が聞こえてくる。

　軽やかな声に誘われるように目を覚ましたシルヴィアは、天蓋裏の絵が見知らぬものであることに気づいてぎょっと目を見開いた。

　あわてて飛び起きた途端、腰を中心にあちこちに痛みが走って思わず「いっ、つ！」と変な声を漏らしてしまう。

「――あ、おはようございます王妃様。もう少しゆっくりされていても大丈夫ですよ。今日は皆様、昼頃に起き出すでしょうから」

　寝室の隅には花瓶の水を換えていた女官がいて、シルヴィアが起き上がったのを見てびっくりした様子で声をかけてきた。

「紅茶をお淹《い》れしましょうか？　お風呂の用意が先でしょうか……」

「ええと……ひとまずお茶をお願いしたいわ。喉がカラカラで」

こうして話すだけでも喉がピリピリする。声もかすれているし、身体中《からだじゅう》がだるくてひどい有様だ。

何気なく自身の身体を見下ろしたシルヴィアは、裸のままであることに気づいて遅まきながら「きゃあっ」と悲鳴を上げる。

よくできた女官はすぐにガウンを持ってきて、優しく羽織らせてくれた。

「あ、ありがとう。……そういえば陛下は？」

寝室をきょろきょろ見回すがウィルフレッドの姿はない。自分が寝ていたところ以外の敷布も冷たくなっていた。

「書類仕事を片付けたいとのことで、一時間ほど前にお目覚めになって執務室に向かわれました」

「そうだったの？　起こしてくれればよかったのに」

「王妃様はお疲れでしょうから起こすなとも言われましたわ」

くちびるを尖らせるシルヴィアに対し女官はころころ笑いながらそう教えてくれた。

そして目覚めの一杯である紅茶を口にしたあと、シルヴィアは女官に勧められるまま浴室へ足を運んだ。いつでも入浴できるよう支度されていたのだろう。浴槽の湯は温かく、あちこちに痛みが残る身体を優しく包んでくれるようだった。

情事の名残を洗い落とすとずいぶんさっぱりしたが、昨日立ちっぱなしだったためか、両足はしっかりと筋肉痛だ。それより気になるのは、月のものがきたときのような痛みが下腹部にあること。彼を受け入れた入り口部分も引きつれたように少し痛い。

あらぬ体勢であらぬものを受け入れたせいだろうと思うと、恥ずかしいような気まずいような名状しがたい気持ちだ。

痛みがひどくならないように椅子に浅く腰かけて朝食を待っていると、仕事を終えたとおぼしきウィルフレッドが入ってきた。

「もう身支度を終えたのか。女官たちには昼まで寝かせてやるように言っておいたのだが」

どうやら彼はシルヴィアがまだ眠っていると思っていたらしい。軽く目を瞠った状態でじろじろ見つめられて、シルヴィアは緊張とムッとする気持ちを同時に持った。

「お、おはようございます陛下。早起きする妃はお嫌いですか？」

「そんなことはないが、身体はつらくないかと単純に心配でな」

挑発的なシルヴィアの言葉に女官や給仕はぎょっとしていたのに、ウィルフレッドは顔色一つ変えずにさらっと言ってのけた。

「ご心配いただきありがとうございます。大丈夫ですわ」

「その割に顔色はあんまりよくないようだが？」

ツンケンするシルヴィアがおもしろいのか、ウィルフレッドはニヤニヤしながら向かいに腰かけた。

「だが疲れていて当然だ。長旅だった上、休む間もなく結婚式だからな。今週いっぱいはゆっくり過ごしてほしい。まずはこの城での生活に慣れてくれ」

からかわれると思って身構えていたシルヴィアは、存外優しいことを言われてたちまち拍子抜けした。

「そうは言っても、王妃としての公務などがあるかと思いますが……」

公務とまではいかなくても、あちこちに出向いて顔を出す必要はあるだろうと考えていた。なにせシルヴィアは他国から嫁いだ人間で、この国の者にあまり顔を知られていない。そしてシルヴィアも、この国の要人の顔をまだ多くは覚えていないのだ。

最初の数日は挨拶回りをするがてら、多くの人間と顔を合わせてひととなりを把握しておくべきだと考えていたから、ゆっくりしていていいと言われたのは予想外だった。

「あなたの言葉ではないですが、わたしはどちらかといえばじゃじゃ馬で、体力はあるほうですよ？」

「王妃としてやる気を持ってくれているのは嬉しい。だが正直、今週いっぱいくらいは部屋でおとなしくしてくれているほうが助かる。今、この王宮は表面上は落ち着いているが、裏では結構バタバタしている」

シルヴィアはハッと目を見開いた。

言われてみればその通りだ。急な病で先代の王は倒れ、王太子は駆け落ち出奔。代わって王位に就いた第二王子は軍ではそれなりの地位を築いていたが、政においての能力値は未知数。

そんなピリピリした空気で戴冠式や結婚式という国家行事、それに伴う賓客の対応などをこなしてきたから、城に仕える人々もそうとう神経をすり減らしていることであろう。

「……わたしが動くとなると、護衛を手配したり支度を調えたりということが必要になり、また周りが大変になるというわけですね？」

「ふがいない限りで申し訳ないが、そういうことだ。本来なら合間を縫って王都の観光にでも連れて行ってやりたいところだが」

わりと本気でそう思っている口調で言われて、シルヴィアは「大丈夫です」とあわてて答えた。

「観光などいつでもできますもの。今はお城の皆様の負担を減らすことが大切です。わたしは陛下のおっしゃるとおり、お部屋でのんびりと旅の疲れを癒やしていますわ」

「悪いな。そうしてくれると助かる」

ウィルフレッドは神妙な面持ちでうなずいた。

「その代わり、手慰めになるものをなにか用意させる。希望があれば侍女たちに言ってくれ。……ああ、その前にあなた付きの侍女になる者たちを紹介せねば」

ウィルフレッドが軽く手を叩くと、食事室にいた女官はもちろん、ほかの部屋にいた女官たちもわらわらと集まってきた。その全員が昨日の結婚式から世話係としてついてくれた女官たちだ。

「まずは侍女頭のマリエッタ。困ったことがあればひとまず彼女に言ってくれ」

「よろしくお願いいたします、王妃様」

マリエッタと呼ばれたのは昨日のお風呂のときに『なんでも聞いてください』と声をかけてくれた年かさの女官だ。シルヴィアはほっとして「よろしく」と軽くうなずいた。

ほかにも総勢十人の侍女たちを順に紹介される。全員が女官として王城に仕えており、シルヴィアが嫁いでくるにあたって王妃付きの侍女に抜擢《ばってき》されたとのことだった。

「普段付きの侍女が十人というのは、さすがに大人数だと思います。無論、昨日の結婚式のような行事のときは、それくらいの人数が必要かと思いますが」

「ああ。だから最初の数ヶ月《すうかげつ》は試用期間ということで、相性や能力を鑑みた上であなた自身が厳選してくれ。古くからの慣習とは言え、祖国から侍女一人も連れてこられなかったのだ。こちらの侍女は、自分で気に入った者を選んでほしい」

気前のいい申し出にシルヴィアは素直に驚き、ありがたく思った。

「では、そうさせていただきます」

「うむ」

ウィルフレッドがうなずきとともに軽く手を払うと、話が終わるのを待っていた給仕が朝食を運んでくる。

温かなスープが皿に注がれ、美味《おい》しそうな匂いが漂ってくる。と同時にシルヴィアのお腹がきゅううううっと鳴った。

「昨日はろくに食べられなかっただろう。ゆっくり味わうといい」

真っ赤になって黙り込んだシルヴィアに対し、ウィルフレッドが笑いを噛《か》み殺《ころ》しながら告げる。

シルヴィアは耳まで熱くしながら「無作法で申し訳ありません」ととげとげと答えた。

だがお腹がすいていたのは本当で、いざ食事に手をつけはじめたら会話もそこそこに、空腹を満たすことに夢中になった。

もとは一つの国であったためか、ミーガンの食事の内容はフィオリーナとさほど差はないようだ。スープもふわふわのオムレツも、焼きたてのパンもとても美味しい。泡立てたバターはもちろん、たくさんの種類のジャムも美味しくて、ついパンに山盛りに塗ってしまった。

空腹だったのはウィルフレッドも同じだったようだ。シルヴィアがパンをふたつ食べるあいだに、彼は軽く六つも平らげ、茹《ゆ》でた卵も三つ食べていた。

「朝からたくさん召し上がるのですね」

驚いて声をかけると「いつもこんなものだ」と彼はさらっと答えた。

「朝の鍛錬で汗をかくからな。それに忙しくて昼は満足に食事ができないことも多い」

「それは……大変ですね」

「決まることが決まれば多少は暇もできると思うがな」

ミルクをごくごくと飲み干した彼は、ナプキンで口元を拭うとすっくと立ち上がった。

「では、わたしは執務に向かう。あなたはゆっくり過ごしてくれ」

「あ……行ってらっしゃいませ」

さっさと出て行こうとする彼に気づいて、シルヴィアもあわてて立ち上がって扉まで見送る。

ウィルフレッドは少し照れくさそうに視線をあちこちに泳がせた。

「いや……見送ってもらえるのは、悪くないものだなと思って」

「どうされました？」

「普通のことでは？」

少なくともシルヴィアの母は、父が執務に向かう際はこのように送り出していたが。

「これまでは見送ってくれるような相手はいなかったからな、使用人以外。朝も、全員がバラバラに起き出すから朝食は個別だった。誰かと朝食を取ったのも久しぶりだ」

「まあ……」

確かに、政務に携わる国王と、病弱なファウスト、軍に所属するウィルフレッドでは、起床時間も朝食の時間もバラバラだったことであろう。

（ファウスト様とウィルフレッド様のお母様である王妃様は、もう十年以上前に亡くなっていらっしゃるし。そう考えると家族一緒の時間も少なかったのかもしれないわ）

朝と夜は必ず家族全員で食事をとっていたシルヴィアとは大違いだ。今はもう大人になったウィルフレッドだが、子供の頃はさみしい思いもしたのではないかとふと思った。

「これからは毎朝お見送りするわ。もちろん、あなたがいやでなければですけど」

あわてて言い添えるも、ウィルフレッドは「いやなわけがない」とシルヴィアの言葉にかぶせるように即答した。

「明日からも、できれば頼む」

「え、ええ、もちろん。その……行ってらっしゃいませ」

どぎまぎしながら頭を下げると、ウィルフレッドはかすかにほほ笑んで、おもむろにシルヴィアの頬に口づけてきた。

「ああ、行ってくる」

そうして去って行く彼をシルヴィアはぽかんとしながら見送る。

思わず立ちつくすと、部屋の端に控えていた侍女たちが「仲睦まじいご様子で」とほほ笑みながら声をかけてきた。

「べ、別に、ただの挨拶よ」

ハッとしたシルヴィアはとっさに意地を張るが、侍女たちはにこにことほほ笑むばかりだ。

「そうだとしても、喜ばしいことですわ。特にシルヴィア様にとっては急に変更になったご結婚相手でございましょう？　わたしどもはウィルフレッド陛下の良さを存じておりますが、シルヴィア様はそうではございませんでしたから」

言われてみればその通りだ。侍女たちも言葉に出さなかったものの、二人が上手《うま》くいくのかハラハラしていたのかもしれない。

（そういう点では、ウィルフレッドとの相性は思っていたほど悪くない……と信じたいわね）

昨夜の初夜と、その前の結婚式前後のあれこれさらには子供の頃のことを思い出し、シルヴィアは複雑な気持ちに駆られる。

閨での彼は、たぶんとても優しかった。でも、そうでないときは意地悪だった気がする。

（……ま、夫婦になったからには、これからずっと一緒なのだし）

おいおい慣れていけばいいのだとシルヴィアは自分に言い聞かせるのだった。

遅めの朝食だったので、自室に戻ったときはあと少しでお昼という時間だった。

自室の居間の真ん中にはテーブルがあるのだが、そこに、食事に出たときにはなかった大きな花瓶と、あふれんばかりに生けられている花を見つけてシルヴィアは目を丸くする。

「まぁ、なんてたくさんのお花……！　みんなが用意してくれたの？」

自室に詰めていた侍女たちは「いいえ」と嬉しげにほほ笑んだ。

「こちらは国王陛下のお付きの侍従が先ほど持ってきたのです。陛下からシルヴィア様へ最初の贈り物だそうです」

「まぁ」

「カードも預かっております」

侍女が差し出したカードには、無骨な文字で「退屈をまぎらわせる一助になれば」と記されていた。

「嬉しいわ。花を見るのは大好きなの。スケッチするのもね」

「素晴らしいですわ。それではキャンバスをご用意いたしましょうか？」

「あ、そんな大層なものはいいの。普段はこれくらいの小さな紙に、絵の具で描いているだけだから」

「すぐにご用意いたしますわ」

どうやらしばらく自室暮らしになるシルヴィアを慮《おもんぱか》って、ウィルフレッドが「王妃が望むものはなんでも用意するように」と言いつけているらしい。

少しもせずに絵を描く道具があれこれと用意されて、シルヴィアは恐縮しつつも、ありがたく受け取った。

「フィオリーナでは手のひらサイズの小さな絵を描いていたの。それをバザーに出して、売上金を寄付していたのよ。ミーガンでも同じことができないかしら？」

絵の具を広げながらシルヴィアは尋ねる。侍女たちは「可能だと思いますよ」とほほ笑んだ。

「ミーガンでも貴婦人を中心にしたチャリティーはちょくちょく行われております。貴婦人たちが編んだ靴下や手袋はよく売れますし、押し花やカードも昔から出品されています」

「今後はシルヴィア様が王妃として、そういったものを主催するのもよろしいかと」

慈善事業は王族の女性の務めでもある。シルヴィアもいつかはウィルフレッドに相談してみようとうなずいた。

そうしてその日は花瓶に生けられた花をたくさんスケッチして過ごした。

ウィルフレッドにもそれが伝えられたのか、彼は翌日にはたくさんの絵筆を贈ってくれた。

次の日には挿絵が美しい本を、さらに次の日には刺繡《ししゅう》用の糸と木枠を贈ってくれた。

毎日のようにあまりに贈られるのでさすがのシルヴィアも申し訳なくなる。彼が真夜中を過ぎても就寝できず、翌朝は鍛錬をあとまわしにして執務室に詰めていると聞いては、なおさらだ。

「新しい贈り物はとても嬉しいですが、わたしは今あるもので充分楽しめています。だから無理にあれこれ贈ってくださらなくても大丈夫ですから」

結婚式から五日後の朝食の席で、シルヴィアは言うか言うまいか迷いつつも、思い切ってそう切り出す。

場合によっては相手の機嫌を損ねるかもしれないと思ったが、ウィルフレッドは怒ったり不機嫌になったりしなかった。

その代わり神妙な面持ちで「これくらいはさせてくれ」と返してきた。

「新婚の妻を放り出して執務に没頭しているなど、夫としてあまりに甲斐性《かいしょう》がないからな。せめて贈り物くらいさせてほしいのだ」

「お気持ちだけで充分ですのに」

「それではわたしの気が済まないのだ。わたしのわがままに付き合うと思って、少しのあいだ我慢してくれ」

「我慢なんて。少しもしていませんわ」

おもしろい言い方をするなとついクスッと笑うと、ウィルフレッドもほっとした様子で笑ってくれた。

部屋には焼き菓子なども定期的に届けられた。だが祖国の味付けと少し違うらしく、だんだん舌がふるさとの味を恋しがってくる。

そのためシルヴィアは思いきって、厨房《ちゅうぼう》を借りることはできないかと侍女頭に相談した。

「厨房ですか？　王妃様は料理をなさるのですか？」

「料理なんてたいそうなものではないけれど、お菓子作りは得意なの。フィオリーナでは貴婦人がお菓子を作って、親しい友人を集めたお茶会で振る舞うのが慣習だったから」

「ああ、そういえばそういう慣習がありましたね」

初代のフィオリーナ国王は甘党で、お菓子作りが大好きな女性を王妃として迎えたという逸話があるのだ。そのためお菓子作りは貴婦人のたしなみとされており、シルヴィアもたいていのお菓子を作ることができた。

「ミーガンでは貴婦人が厨房に入ることはありませんが……国王陛下からは、王妃様の希望は可能な限り叶《かな》えるようにと言われております。料理長に聞いてみますね」

そうして『料理人が休憩している一時間ほどならば』という条件で厨房を貸してもらえることになり、昼食を終えたシルヴィアはさっそく厨房へ足を運んだ。

「厨房は我ら料理人の領域です。王妃様といえど勝手をされては困るので、わたしはここに控えさせていただきます」

腕組みした料理長の宣言に侍女たちは無礼ではないかとざわついたが、シルヴィアはにっこりと笑顔を返した。

「料理長のお立場を考えれば当然のことだわ。わたしが妙なことしないか見張っていてね。

卵とバターとお砂糖をいただいても？」

「……食材はいくらでもお使いください」

そうしてシルヴィアは必要な材料と道具をそろえると、すぐさま作業に取りかかった。

「みんな、生地をこねるのを手伝ってちょうだい」

「ええ？　わ、わたしどもでもできるでしょうか」

「大丈夫よ。簡単だから」

シルヴィアが誘うと、手持ち無沙汰にしていた侍女たちもおずおずと近寄ってきた。

胡乱《うろん》な目で見つめていた料理長も、シルヴィアが慣れた手つきであれこれこなしているのを見て徐々に視線を和らげる。

約束の一時間が過ぎる頃には、厨房には焼きたての甘いクッキーの香りが満ちていた。

「……お見事です。わたしのレシピとは違う作り方をされていたのでどうなるかと思いましたが、軽い舌ざわりで、なんとも美味しいクッキーだ」

シルヴィアに勧められて焼きたてのクッキーを口にした料理長は、お見それしましたとばかりに低くうなった。

侍女たちも、休憩を終えて厨房に戻ってきた料理人たちも、クッキーを味見するなり「美味しい！」とたちまち笑顔になる。

「よかったわ、気に入ってもらえて。それじゃあこのクッキーを部屋に持っていって、みんなでお茶にしましょうか」

侍女たちとお茶をするのも祖国でよくやっていたことだ。特に新人の侍女が入ったときは親睦を深めるためによくやっていた。

このクッキーでミーガン王国の侍女たちとも、もっと仲良くなりたいと思ったシルヴィアだったが……。

「王妃様、せっかくですから、このクッキーを国王陛下にお持ちするのはいかがでしょう?」

侍女頭マリエッタにそう提案されて、シルヴィアは「えっ」と目を瞠る。

ほかの侍女や料理人たちも同じような顔をしていたが、すぐに「それがよろしいと思います!」と侍女頭に同意した。

「陛下は甘い物がお好きなのですよ。適度な甘さが疲れを取ってくれるとかなんとか」

「そ、そうなの? でも、突然持っていったら失礼ではないかしら?」

わたしも心の準備ができていないし……という本音を滲ませて言ってみるものの、侍女たちは「大丈夫ですよ」と請け合うばかりだ。

そうしてあれよあれよという間に紅茶の支度も調って、シルヴィアは国王の執務室へと引っぱっていかれる。

ここまできたら引き返すのも不自然だ。追い出されたら素直にそう言えばいいかと考えて、シルヴィアは執務室の扉をノックした。

「どうぞ」

ウィルフレッドではない若い男の声で返事があった。扉が向こうから開かれ、シルヴィアはワゴンを押す侍女とともに入室する。

扉を開けてすぐ執務室というわけではなく、その前に続き部屋があって、書類を整理する役人や彼らの指示を受けて細々と動く従僕たちが、それぞれの仕事に励んでいた。

「――あっ、王妃様でございましたか、失礼しました。国王陛下にご用でしょうか？」

シルヴィアが入っていくと、扉の側にいた青年がハッとした様子で声をかけてくる。入室を許可した者と同じ声だ。どうやら彼が訪問者の最初の応対役らしい。

「陛下にお茶とお菓子をお持ちしたの。休憩時間にはまだ早いかしら？」

「そうですね。ですがそろそろ書類が捌《さば》ける頃かと……。うかがって参りますので、こちらで少々お待ちください」

青年はすぐに奥の扉へ入っていく。一般的なお茶の時間にはまだ早いだけに、そこそこ待たされるだろうかと思ったシルヴィアだったが……。

「わざわざお茶を届けてくれたのか？」

奥の扉がガチャリと開いて、なんとウィルフレッドそのひとが出てきてくれた。

「え、ええ。侍女たちと食べようと思ってクッキーを焼いたのですが、せっかくですから陛下にお持ちするのはどうかと言われまして」

「えっ、あなたがクッキーを焼いたのか？」

ウィルフレッドは驚いた様子で目を丸くする。

シルヴィアは急に気恥ずかしくなって、うっすらと目元を染めた。

「料理長のお菓子とは比べものにならないものですが。あの、ワゴンごと置いていきますので、あとはそちらでお好きな時間につまんでいただければ――」

「なにを言う。ここまで運んでくれたのだ。一緒に食べればいいではないか」

「えっ」

（一緒に……⁉）

そんなつもりがなかったシルヴィアはあわてるが、ウィルフレッドは「休憩に入る」と誰ともなく告げると、奥の扉を大きく開いてワゴンが入りやすいようにしてくれた。

「せっかくだから紅茶を淹れてくれ。あなたは茶も淹れられるのか？」

「そりゃあ、貴婦人のたしなみですからお茶を淹れるくらいは」

「では頼む」

そうして彼がさっさと奥の部屋に入っていったので、シルヴィアもあわてて歩を進めた。

「では、わたしはこれで。片づけは侍従に言いつけておきますので」

侍女がにっこり笑って去って行くと、部屋には一人だけになる。シルヴィアは心許なさと緊張で、ぐるりと国王の執務室を見回した。

壁一面が本棚になっており、いろいろな資料や本がぎっしりと詰め込まれている。執務机の上も書類だらけだ。文箱《ふばこ》も雑多に積まれていて、彼の仕事量の多さが目に見える。

(これじゃあ悠長に休んでいられないのも無理はないわね)

かといって毎日の睡眠時間も少ないのだから、このままの生活が続けばどこかでガタがくる。それまでに片がつけばいいのだが。

とにかく紅茶を淹れて、クッキーを皿に並べる。書類机はあまりに雑多だったので、部屋の隅にあった応接用の低いテーブルに皿とカップを置いた。

「どうぞ。クッキーは焼きたてですから、まだ温かいですよ」

「それは嬉しいな」

立ち上がって腕を回していたウィルフレッドは、長椅子にどかっと腰かけるとさっそくクッキーをつまんだ。

「……んっ、美味いな。軽い食感の不思議なクッキーだ」

目をぱちぱちさせて驚くウィルフレッドに、シルヴィアはにっこり笑った。

「クッキーというと全卵を使うのが一般的ですが、これは卵白のみを使ったクッキーなんです。そのためこういった軽い口当たりにできるんですよ」

「気に入った。また作ってくれないか？」

思いがけない提案にシルヴィアは軽く目を見開いた。

「レシピはさほど難しくないので、料理長に伝えれば作ってくれると思いますが」

「あなたが作ったのを食べたい」

きっぱり言いきられて、シルヴィアはますます驚いた。

「駄目か？　まぁ、今はよくても、王妃としての公務が本格化すれば厨房に入るのは億劫《おっくう》になるか……」

「いえ、そんなことはありません。祖国では週に二度は厨房に立って、なんらかのお菓子を作っていましたから」

「そんなに？　それならこれ以外の菓子も作れるのか？」

「一通りは」

「ますますあなたに作ってもらいたくなった」

過剰な期待にシルヴィアは恐縮するが――お菓子を作ることで、たくさん贈り物をくれた彼に対するお返しになるかも、という気持ちも芽生えた。

「ええと、では、料理長に相談してみます」

「わたしのほうから話を通しておく。――それと公務で忙しいときは別だが、そうでないときは、あなたも一緒にお茶を飲んでくれると嬉しい」

「わたしもですか？」

「ああ。……カップはもう一つ用意されているようだ。あなたも自分のお茶を用意して、座るといい」

「でも」

続きの間で訪問者の対応をしている青年が困るのではないかと、シルヴィアは視線でちらっと扉を見やる。

「大丈夫だ。むしろ向こうも休んでほしいと思っているよ。この頃はなにかあると『休め、休め』とうるさいんだ」

「……それだけウィルフレッド様のことを心配しているのでしょうね」

シルヴィアはふっと苦笑して、自分のぶんのお茶も注いだ。

そしてカップを持ちウィルフレッドの向かいに座ろうとするが、彼がクッキーを食べながら「ん」と自分の隣をポンポン叩く。

シルヴィアは目を丸くしながらも、言われたとおり彼の隣に座った。

ウィルフレッドはクッキーがよほど気に入ったようで、皿に盛った半分がすでになくなっていた。おまけに彼は「残りは食べていい」と言うなり、長椅子を寝台代わりに、そしてシルヴィアの膝を枕代わりにしてごろんと寝転ぶ。

突然の膝枕にびっくりして、シルヴィアは「これじゃ食べられません」と抗議した。

「別に食べられるだろう」

「クッキーの欠片《かけら》が陛下の顔にかかりますよ？」

「それくらいなんともないさ。悪いが二十分だけ仮眠させてくれ」

「ちょ、陛下ったら」

こちらの意向も聞いてからにしてよ……と思うが、彼は驚くほどの早さで睡眠に入り、気づけばすーすーと静かな寝息を立てていた。

（それだけ疲れていらしたのよね……）

しゃべって動いているときは気にならないが、こうして寝ていると顔色の青白さや、目の下の隈が急に際立って見えてくる。もともと王位を継ぐ予定もなかった彼が、一足飛びに国王になったのだ。緊張や苦悩もきっと感じているのだろう。

（結婚式で深いキスをしてくるような強引なところもあるけれど）

根はきっと優しく真面目なひとなのだろうなと思う。閨のときはこちらをこまめに気に懸けて、丁寧に時間をかけて進めてくれた。

その後もたくさんの贈り物と、快適な住環境を与えてくれている。一緒にお茶を飲もうと誘ってきたのも、彼なりの気遣いなのだろう。

こうして眠ってしまったのは、単に疲れているからだけかもしれないが。

（それにしても、寝顔はわりと可愛いわね……）

彼の顔に欠片が落ちないようにクッキーを食べつつ、その寝顔をまじまじと見つめたシルヴィアは、ついくすっとほほ笑む。

無防備にくつろいでくれるのは、それだけ信頼されている証――そう思えば、膝を貸すこの時間もそんなに悪い気はしない。

「ちゃんと寝台で眠れる日が早くくるといいですね」

そっと彼の黒髪をなでながら、シルヴィアは心からそうささやくのだった。

そしてその日の夜。

就寝時間近くなり寝室に現れたウィルフレッドを見て、シルヴィアは「お仕事は終わったのですか？」と目を見開いた。

「ひとまずキリがいいところまでできたからな。あなたのクッキーと膝枕のおかげで、午後はずいぶんと仕事がはかどった」

「まぁ、それは……よかったですね」

「明日からも是非頼む」

シルヴィアが「膝枕は要相談で」と苦笑すると、ウィルフレッドもおもしろそうににやりと笑った。

「お茶を淹れますか？　眠る前ならお酒のほうがいいかしら」

「いや、風呂がまだなんだ。そろそろ眠る時間かと思って、おやすみの挨拶だけしにきた」

言われてみれば、彼はまだ昼に見たのと同じ軍服姿だ。

王宮を行き交う貴族たちのようなきらびやかな格好より、慣れ親しんだこちらの衣装のほうがいいのだろうか？　いずれにせよ、雅さより実用性を取る性格が表れているように思えた。

「わざわざありがとうございます」

「それと料理長に、厨房を使う件について話を通しておいた。あなたの調理の腕を見て、料理長も二つ返事で『今日と同じ時間帯なら毎日でも厨房を使っていい』と言っていたぞ」

「なんだか過剰に受け取られている気がして恥ずかしいわ。あの程度のお菓子はフィオリーナの貴婦人なら誰でも作れるんですよ？　卵白のクッキーも一般的だし」

「料理長の目にはめずらしく映ったようだぞ」

軽い会話を交わしながら、ウィルフレッドは夫婦の寝室をぐるりと見渡す。

「必要なら模様替えもするようにと侍女たちには言っていたが、特に変わっていないようだな。このままでいいのか？」

「充分です。……もう。あなたはわたしのことを気遣いすぎだわ。素敵なお部屋を用意してくれて、あれこれ贈り物もくれて、クッキーも美味しいと食べてくれて。充分すぎるほどなのに、これ以上なにを望むというのよ」

シルヴィアは敢《あ》えて砕けた口調でぷりぷりと怒ってみせる。するとウィルフレッドは少々ばつが悪そうな面持ちになった。

「そうは言ってもな……嫁いだその日に結婚相手の変更を告げた、こちらの落ち度があまりに大きすぎるから。これでも足りないくらいなのだ」

「ああ」

それは、まぁ、確かにそうかもしれないが。

「わたしはもう気にしていないわ。言われたときは確かに驚いたけど、そのあとは……」

思いがけず楽しく過ごせていると思う。

自分をよく思っていなかったであろうウィルフレッドが結婚相手になると聞いたときこそ、ちょっと身構えてしまったが、なんだかんだと上手くやれているし。少なくとも病弱なファウストに嫁いでいたら、夫婦生活というより彼の看護生活に明け暮れただろう。

ウィルフレッドは看護や介護とは無縁の健康体だし、仕事が忙しいのも、急な代替わりがあったのだから当然のこと。それでなくてもこんなふうに気遣ってもらえて……。

（むしろ、とても幸せなのではないかしら？）

ふとそう思ったシルヴィアだが、ウィルフレッドに「そのあとは？」と問いかけられてハッと我に返った。

「な、なに？」

「結婚相手が変更と言われて驚いたが、そのあとは……の、ところで言葉が止まっただろう？　続きは聞かせてくれないのか？」

「ええと」

気遣ってもらえて嬉しかった――と素直に答えればいいのに、たまたま目に入ったウィルフレッドの表情がニヤニヤとからかうようなものだったのに気づいて、つい負けん気が前に出てしまった。

「――ええ、侍女たちにとっても優しくしてもらえて、非常に快適な生活を送れておりますわ。大変感謝しておりましてよ」

「なんだ。結婚相手がわたしに変更になってよかった、と言われるのかと期待したが」

「う、うぬぼれないでちょうだい」

ドキッとした気持ちを悟られないよう、シルヴィアはあわててうしろを向いてきつく腕組みする。

直後、ウィルフレッドが背後からふわりとシルヴィアを抱きしめてきた。

「陛下……」

「寝室ではなんと呼んでくれと言ったかな?」

「……ウィル」

よくできましたとばかりに彼が耳元でほほ笑む気配がする。背中越しに感じる彼の体温にどきどきしはじめたシルヴィアは、彼の手がシルヴィアの顎をそっと持ち上げて、背後を振り向かせるのにも抵抗しなかった。

「んっ……」

ほどなくくちびるが重なって、心臓がこれ以上ないほどドキドキと高鳴ってくる。

おずおずとくちびるを開くと当たり前のように舌が入ってきて、シルヴィアは彼の胸に身体を預けてうっとりとキスに感じ入った。

「――風呂に入っていないのが惜しいな。このまま寝台に倒れ込みたい気分だが」

ガウン越しにシルヴィアの胸に手を伸ばしながら、ウィルフレッドがささやく。

彼の大きな手に乳房のふくらみを包まれて、シルヴィアは真っ赤になった。

「……わたしは気にしないわ」

自分でも大胆なことを言っていると恥ずかしく思いつつ、シルヴィアは答える。

ウィルフレッドは感謝を示すようにシルヴィアの額に口づけて、彼女をふわりと抱き上げた。

「シルヴィア――」

寝台に彼女を横にさせながら、ウィルフレッドがかすれた声で呼んでくる。低く色気に満ちた声にも身体の芯がうずくようで、シルヴィアは再び彼のキスを受け入れた。

「ん……もう勃っているな」

「ふぁ……っ」

彼の大きな手がシルヴィアの胸をいじる。布を押し上げるようにふくらんだ乳首を親指でくりくりっといじられて、シルヴィアは軽くのけぞった。

「キスだけで感じたのか？」

ウィルフレッドがほほ笑みながら、シルヴィアのガウンを腰まで下ろした。薄い夜着も襟が広く開いているデザインだったので、そのままぐいっと引き下ろされる。

真っ白な乳房とそのいただきで凝る乳首が露わになって、ウィルフレッドがかすかに息を吐いた。

「何度見ても美しいな」

「言わないで……んっ」

さっそく片方の乳首を口に含まれて、シルヴィアは下腹部の奥が妙にうずくのを感じて恥ずかしくなった。

ウィルフレッドは片方の乳首を指でくにくにといじりながら、口に含んだ乳首を赤子が乳を吸うようにちゅうっと吸い上げてくる。

そのたびに身体が浮き上がりそうな愉悦を感じて、シルヴィアは白い喉を反らしてか細く喘いだ。

「そん、な……吸っちゃだめ……」

「指でいじくるほうが好きか？」

「んん……！」

人差し指と親指でくにくにいじられる乳首が軽く引っぱられる。痛みを感じる一歩手前の刺激に、腰がびくんっと自然と跳ねた。

ウィルフレッドは今度は引っぱったほうの乳首を慰撫《いぶ》するように舐め転がし、唾液で濡れたもう一方の乳首を親指でくるくるとなで回す。

「あ、あぁあん……っ」

どちらも心地よくて、熱いため息が止まらない。

二度目だからか、身体が快感を拾い上げるのも早くて、だんだん腰が揺れ動いてきた。

「物欲しそうな腰つきだ」

「だ、って……あなたが、そんなふうにいじるからよ……っ」

「そうやって強がるところがまた可愛いな」

からかいではなく本当にそう思っている様子で、ウィルフレッドが鷹揚《おうよう》にほほ笑む。チラリと見た彼の顔が本当に嬉しそうに見えて、シルヴィアの胸もどきんっと高鳴った。

「あ、んっ、んぅ……っ」

伸び上がった彼が再びシルヴィアのくちびるをキスでふさいでくる。彼女の口内を舌で丹念になぞりながら、彼は両方の手で柔らかな乳房をゆっくりと揉んできた。

「ふぁ、ん……」

親指で乳首をくりくりいじられて、シルヴィアは感じ入って甘い声を漏らす。

その声すら吸い上げたいとばかりに、ウィルフレッドがきつく彼女の舌を吸い上げてきた。

「んんんっ……！」

シルヴィアの細い身体が快感にビクビクッと震える。足先がピンと伸びて、シルヴィアは襲ってきた愉悦にたちまち涙ぐんだ。

「そんな色っぽい顔をするな」

くちづけを解いたウィルフレッドが、シルヴィアの鼻先にくちづけながらはぁっと熱いため息をつく。

「もっと泣かせたくなるだろうが」

欲望をこらえるようなかすれた声を聞いて、シルヴィアはまたどきんっとなる。

ウィルフレッドは今度はシルヴィアの足元に移動すると、彼女の夜着の裾を摑んで腰までぐいっと引き上げた。

「や……っ」

あとは寝るだけだと思っていたので、下着は身につけていなかった。おかげで秘所が彼の前にすぐにさらされる。

ウィルフレッドは好都合だとばかりにシルヴィアの両足を大きく広げると、さっそくそこに吸いついてきた。

「あぁああ……！」

敏感な花芯の部分を舐められると、やはり腰が抜けそうなほど感じてしまう。びくびくっと内腿《うちもも》を震わせるシルヴィアに、ウィルフレッドは「気持ちいいか？」と尋ねてきた。

「そ、そこで、しゃべらないで……っ、んあぁあっ！」

花芯をジュッと吸い上げられて、シルヴィアはびくんっと全身を跳ね上げる。

ウィルフレッドはそんな彼女を上目遣いに見つめながら、ふくらんだ花芯をぬるぬると舐め転がした。

「は、あぁああ、だめ、そこは……本当に……っ、感じちゃうからぁ……！」

「感じるのはいいことだ。もっと気持ちよくなればいい」

「んあぁあう！」

秘裂に指を差し入れられて、中からもくちゅくちゅと花芯の裏を刺激される。はじめてのときもそうだったが、この二重の刺激は特に気持ちがいい。

「は、あぁ、もぅ、……だめぇぇえ……っ」

腰奥から熱い愉悦がどんどん湧いて、腰が揺れるのを止められない。最奥からあふれる蜜がくちゅくちゅと音を立てるのも恥ずかしくて、シルヴィアはいやいやと首を振りたくった。

だがウィルフレッドは止まらず、それどころか花芯にちゅうっと吸いついてきて――。

「んあぁあああ……‼」

シルヴィアはなすすべもなく絶頂を迎えて、びくんびくんっと身体を弾ませた。

「……っ、中のうねりがすごいな」

身体がビクビクッと引き攣る中、蜜壺も激しくうねっていたようで、指を引き抜いたウィルフレッドが驚いたようにまたたいていた。

はぁはぁと息を切らしながらそっとそちらをうかがったシルヴィアは、彼が蜜に濡れた指をぺろっと舐めているのに気づきぎょっとする。

「そ、そんな……やめて、汚いわ」

「どこが？」

平然と聞き返されて、シルヴィアは逆に言葉を失った。

「あなたから出たもので汚いものはそうないさ」

絶句するシルヴィアににやりとほほ笑んで、ウィルフレッドは自身のベルトに手をかける。ベルトと脚衣の前立てが緩められると、はち切れんばかりに勃起していた男根がぶるんっと飛び出してきた。

「う……」

あいかわらずの大きさだ。シルヴィアはあわてて目をそらすが、どきどきするのはどうにも止められない。

「二度目だから、そう痛まないとは思うが」

それでもシルヴィアを気遣って、彼はヒクつく蜜口に先端を押し当てながら「ゆっくりやる」と、慎重に腰を進めてきた。

「んぅっ……！」

（や、やっぱり少し痛い……というか、きつい……！）

あれだけ大きなものを受け入れるのだから当然だと思いつつ、シルヴィアはなるべく力を抜いて、息をゆっくり吐いていった。

「上手だ。もう少しだ……」

シルヴィアの頭をなでて、腰を抱え込みながらウィルフレッドがささやく。

前よりは短い時間で彼を奥まで受け入れて、シルヴィアはふぅっと息を吐いた。

「ああ……あいかわらず、熱く吸いついて最高だな」

ウィルフレッドもため息交じりにそんなことをつぶやいた。

彼にぎゅっと抱きしめられて、シルヴィアも夜着が引っかかったままの腕を上げて、その首筋にしがみつく。

「ウィルのも……熱いわ……」

蜜壺にしっかり収められた彼のものは、それ自体が熱を発しているように熱く感じられる。あいかわらず広がった蜜口は痛いが、彼の先端が届く奥は気持ちいいばかりだ。思わずキュンとすると、気持ちに連動してか蜜壁もきゅっと締まる。

それを感じたであろうウィルフレッドは大きく息を吐き「そう急《せ》くな」とシルヴィアの背をなでてきた。

「すぐに達しちまうだろうが」

「言葉遣いが下品よ……」

「好きじゃないか？」

耳元をかすめる彼の吐息にぞくぞくしながら、シルヴィアは「……きらいじゃないわ」ともごもご答える。

「素直じゃないな」

ウィルフレッドは小さく笑って、ゆっくり腰を動かしてきた。

「ん、あ、……あ、あぁっ……！」

張り詰めた肉竿が膣壁をこすっていくのが、なんとも言えずにぞくぞくする。じゅぷっと抜けていくと喪失感に胸がざわつくし、ずちゅっと差し入れられると充溢《じゅういつ》感に泣きそうになる。

抽送のたびに胸がどきどきして、どんどん身体が熱くなってくる。痛みがなりを潜めると気持ちよさも一気に増して、腰の奥がかぁっと熱くうずいてきた。

「あ、あぁあ、や……あ、ん、んっ……！」

じゅぷじゅぷと音を立てて抜き差しされて、シルヴィアは気持ちよさと恥ずかしさに真っ赤になる。こらえようとしても声が勝手に漏れていった。

「ああ、いいな、よく濡れて……っ。あなたも、気持ちいいのか……？」

リズミカルに腰を使いながらウィルフレッドが尋ねてくる。シルヴィアは口元を押さえながらこくこくとうなずいた。

と、彼がシルヴィアの手を取り上げてしまう。

「声を抑えるな。聞かせてくれ」

「だって、はしたないんじゃ……、あんっ！」

「はしたなくなるからいいんだろうが」

乳首をきゅっとつままれ、思わず背がのけぞる。ついでに笑いを含んだ低い声でささやかれて、シルヴィアはかぁぁっと頭も身体も熱くした。

「は、あぁ……っ、あん、ん、んぁ、あぁ……！」

抽送に合わせてじゅぷっとあふれる蜜が泡だって臀部《でんぶ》を伝い落ちていく。その感覚すら気持ちよくて、シルヴィアはみずから彼の口元にくちびるを寄せた。

ウィルフレッドがすぐに気づいてキスをしてくれる。それが嬉しくて、自分から舌をからめに行った。

「積極的なのもいいな……もっとはしたなくなっていい、シルヴィア……っ」

「あ、んん、んんぅ……！」

名前を呼ばれるとより愉悦が増して、シルヴィアはより彼に密着したくなる。

胸と秘所を剝《む》き出《だ》しにしているシルヴィアと違って、ウィルフレッドは軍服を着たままだ。たくさんの飾緒や硬いボタンが乳首に擦れるのが気持ちよくて、無意識のうちに身体を揺すって気持ちよくなろうとしてしまった。

ウィルフレッドもシルヴィアの痴態に煽《あお》られたのか、ぐぅっと小さくうめいて腰の動きを速くする。

「んあ、あ、あ、やぁ、あぁあ……！」

パンパンと音が鳴るほど強く腰を打ちつけられて、シルヴィアは激しくのけぞった。

「あぁ、シルヴィア……！」

ウィルフレッドも低くうめいて、腰をぐっと押しつけてくる。

「んあぁあう！」

ぎゅっときつく抱きしめられると同時に、シルヴィアは激しく達してがくがくと全身を震わせる。

きつい締めつけにあらがわず、ウィルフレッドも熱い欲望をどくっと蜜壺の奥に注ぎ込んだ。

「あ、あ……」

どくどくと注がれる熱い白濁に、シルヴィアは陶然となってくちびるを震わせる。

蜜壺で男根がピクピク震えるのを愛しく思ったとき、ウィルフレッドが再び口づけてきて、シルヴィアも夢中になって舌を擦りつけた。

「ん、んぅ……っ」

最後に舌をきつく吸われて、シルヴィアはまた軽く達してびくびくっと指先を震わせる。

そのままぐったりと寝台に倒れ込むと、ウィルフレッドが彼女のくちびるを言わず、鼻先や頬、首筋や胸にも口づけを落としていくのを感じて、より満たされた気分になった。

目を閉じ、はぁはぁと上がった息を整えていると、ウィルフレッドが寝室を出て行く気配がする。

自分の私室に戻ったのかしらと思ったが、彼は浴室から湯とタオルを持ってきてくれた。

サイドテーブルに湯を満たした盆を置いたウィルフレッドは、手早くタオルを濡らしてぎゅっと絞る。

「悪いな。無理をさせた」

そうして彼は、汗ばんだシルヴィアの肌を丁寧に清拭《せいしき》してくれた。

「……あ、わたし、自分でやるわ……」

「やらせてくれ。風呂も入らずに抱いてしまったからな」

のろのろと腕を上げるも、やんわり下ろされる。シルヴィアは気恥ずかしくなりながらも、おとなしく拭かれるままに任せた。

「この忙しさも明日、明後日までだろう。少なくとも夜は一緒に眠れるようになる。そのときには……」

ウィルフレッドは続きの言葉を言う代わりに、シルヴィアの下くちびるを自身のくちびるで柔らかく食んだ。

ほてりが引かない身体を再びうずかせるようなふれあいに、シルヴィアはうっとりと目を伏せる。

「――もう眠るといい」

優しい言葉とともに頭をなでられて、シルヴィアはこくりとうなずくなり、ゆっくりと眠りの中へ沈んでいった。

第三章　揺れ動く心模様

翌々日には本当に急ぎの仕事は片づいたようで、ウィルフレッドはきちんと身を清めてから夫婦の寝室にやってくるようになった。

最初の数日は、顔を合わせるなり、熱烈なくちづけをお見舞いされることがほとんどだった。

「んっ！　あ、陛下……んあぁっ」

「閨では陛下ではないだろう？」

舌をちゅうっと吸われて前後不覚になりかけたところで、そんなふうに低く艶を帯びた声でささやかれる。

そうするとシルヴィアの身体にも自然と愉悦の火が灯《とも》って、ついつい舌をからめ取られるままに、心まで捕らわれて抜け出せなくなるのだ。

そんな日が一週間くらい続いただろうか？　さすがに節操がなさ過ぎると思って、シルヴィアはわざと夜着に着替えず、昼のドレス姿で彼を出迎えた。

「ん？　今日は風呂はまだなのか？」

「もう入ったけれど、今日は眠る前に、少しくらいお話しがしたいわ。駄目？」

甘えるようにわざと上目遣いで頼むと、ウィルフレッドは「らしくない顔つきだな」と大笑いしつつ、うなずいて応接用の椅子に腰かけてくれた。

その夜はもちろん、その後の彼は寝酒やつまみを手に寝室にやってくるようになって、シルヴィアとの会話の時間も大切にしてくれた。

とはいえ彼の帰りが遅くなったときはその限りではなく、シルヴィアも彼がせっぱ詰まっているときはいやがらずに寝台に向かう。

そうして言葉と身体、両方で対話を重ねていった結果、シルヴィアにとってもウィルフレッドと過ごす時間が毎日の楽しみとなっていった。

お茶の時間に彼の執務室を訪ねるのも、いつの間にか日課となっていた。

ウィルフレッドが甘党というのは事実だったようで、彼は砂糖をまぶしたケーキもクリームを載せたマフィンも、美味しそうにペロリと食べた。

「あまり食べ過ぎると太ると思うのだけど」

「朝のうちに身体を動かしているから問題ない」

と本人が言うように、ウィルフレッドの体つきは軍人時代と変わらずにたくましいままだ。

体型維持の秘けつを聞きたかったが、すぐに急ぎの仕事が入ったので、結局それを聞くのは夜になる。

疲れた様子で肩を回しつつ寝室に入ってきた彼のため、温かいお茶を淹れながら、シルヴィアは「昼間の続きだけど」と話を振った。

「体型維持の秘けつ、ねぇ。そうは言ってもいつも通り過ごしているだけだが」

「いつも通りというのは？」

「ほんの隙間のような時間でも、とにかく手が空けば身体を動かしておく、とかだな」

なんとウィルフレッドは忙しい時期であっても、執務室で腹筋や体操に勤《いそ》しんでいるらしい。こわばった身体をほぐす意味合いもあるし、息抜きや眠気覚ましも兼ねているということだ。

一度、背中に重りを載せて高速で腕立て伏せをしていたら、書類を運んできた大臣とは ち合わせて悲鳴を上げられたとか。

その場面を想像したシルヴィアはつい噴き出してしまった。

「それは確かに驚かれるわね」

「まぁな。だが本来なら鍛錬場で兵相手に剣を振るうか、馬場でがむしゃらに馬を走らせるかしたいところをこらえているのだ。それくらいは大目に見てもらわないとな」

大臣に対し少しも悪いと思っていない様子で、ウィルフレッドはふふんとほほ笑んだ。

そしてシルヴィアから受け取った茶を一口含んで、ほぅっと息を吐き出す。

「あなたは茶を淹れるのも美味いな。寝る前は酒と決まっていたが、こうしてハーブティーを飲むのも悪くない」

満足げな面持ちでカップを傾けるウィルフレッドに、シルヴィアもほっとほほ笑んだ。

寝る前のおしゃべりのためにシルヴィアが淹れたお茶は、カモミールティーだ。味にも香りにも少し癖があるので気に入られるか心配だったが、大丈夫のようだ。

「甘いものもそうだけど、お酒も飲み過ぎるとよくないもの。最初にあなたが寝酒を持ってきたとき、グラス一杯どころか瓶を空けそうになっていたから本当に驚いたわ」

そのときのことを思い出し、シルヴィアは少し神妙な面持ちになる。

ウィルフレッドもシルヴィアに驚かれたことを思い出したのか、少々困ったような笑みになった。

「いつもそれほど飲むわけではないぞ。ただこの頃は疲れていても神経が高ぶっているからか、寝付きが悪くてな。それくらい飲まないと眠れなかったというだけだ」

「これからはなるべくお茶にしてちょうだい。身体のためにも」

「心配してくれるのか？」

「あ、当たり前でしょう？」

なんと言っても夫婦なのだから……とゴニョゴニョ答えると、彼は思いがけず嬉しそうに目を細めていた。

「身体と言えば、だ。父上の病状が落ち着いてきたので、見舞いに行こうかと思うのだが」

「あ、それならわたしも一緒に行きたいわ。いいかげん、結婚のご挨拶をしないと」

結婚式から早十日。いくらゆっくりしていいと言われても、身内への挨拶もしていない状況で心からくつろげるほど、シルヴィアの神経は図太くない。

だがウィルフレッドは難しい顔で首を軽く横に振った。

「見舞いはもちろん構わないが、あいにくとまだ話したりするのは無理だ。目を覚ましても意識があるようなないような、という状況らしい。これ以上は悪くなることはないだろうが」

「そんなに重い状態なのね」

病を得てすぐに王太子ファウストの出奔が重なり、心身ともに打撃を受けたとは聞いていたが、まさかそこまでとは。

「ごめんなさい、軽率なことを言って」

「知らなかったのだから無理もないことだ。だが、そういう状態だから、いざ顔を合わせたときにショックを受けるかもしれない」

「教えてくださってありがとう。心得ておきます」

真面目な面持ちでうなずくシルヴィアを、ウィルフレッドは優しく抱き寄せた。

「ウィル？」

「いや、いろいろ我慢させてすまない」

「またそれなの？　わたしは気にしていないってば」

敢えて砕けた口調で突っぱねると、ウィルフレッドも「そうだったな」といつもの調子で笑った。

「さて、あなたが淹れてくれた茶も飲み終わったし、残りの会話は寝台の上でしようか」

「……それは言葉での会話？」

「寝台の上だぞ？　当然、身体のほうに決まっている」

堂々と言われてシルヴィアは笑ってしまうが、いつものように抱き上げられて寝台にうやうやしく横にされると、このあとの行為への期待で身体の奥が熱くなってくる。

ウィルフレッドも同じく高ぶっているようで、待ちきれないとばかりに口づけてきた。

「シルヴィア――」

シルヴィアのピンクブロンドの髪を掻きあげながら、ウィルフレッドがささやいてくる。

彼に名前を呼ばれると、それだけでドキドキして、胸の奥が熱くなるのはどうしてだろう……？

「ん……っ、ウィル、あ」

さっそく胸のふくらみを揉まれて、シルヴィアはたちまち赤くなる。

そんな彼女を嬉しげに見つめて、ウィルフレッドはうやうやしく彼女の夜着を脱がせた。

――そうしてその夜も熱く抱き合って、シルヴィアは心地よい疲労にいざなわれるまま、深い眠りに落ちたのだった。


翌日。迎えにきたウィルフレッドに連れられて、シルヴィアははじめて先代国王の私室へと足を踏み入れる。

国王の執務室より多い数の衛兵が立っていることに驚きつつ、最奥の寝室に入ったシルヴィアは、薄暗い部屋の寝台で横たわる老人を見つけて息を呑んだ。

「……」

思わずごくりと唾を呑み込み、覚悟を決めて寝台のほうに身を乗り出す。

そこにはすっかり痩せこけて、髪もまだらになった老人がヒューヒューとか細い息を漏らしながら眠っていた。

「父上、わたしの花嫁となったシルヴィアです。彼女には王女時代、フィオリーナにて何度か面会しましたが、覚えておいででしょうか？」

黙りこくったシルヴィアに変わって、ウィルフレッドが低く柔らかな声で前王に語りかける。

返事はなく、ただヒューヒューというかすれた呼吸のみが聞こえるばかりだ。

「先ほどまで目を覚ましておいででしたが、お疲れになったようで」

前王につきっきりだという主治医が、そっとささやいてくる。ウィルフレッドは鷹揚にうなずいた。

「行こうか、シルヴィア」

「え、ええ。……前王陛下、また参ります」

シルヴィアは軽く膝を折って挨拶してから、ウィルフレッドに肩を抱かれて退室した。

「……」

「大丈夫か？」

「……ええ。ごめんなさい、昨日ショックを受けないようにと言われていたのに」

シルヴィアが青白い顔をしていたせいか、ウィルフレッドはいつになく優しい仕草で彼女の肩をなでてくれた。

「いや、どんなに心構えをしていても、実際に目にしたら衝撃を受けることは山ほどある。ましてあなたは父の元気だった頃を知っているだろう？」

「ええ。ファウスト様が旅に耐えられるうちは、前王陛下も二年に一度はフィオリーナに足を運んでくださったから……」

前国王にとってシルヴィアは未来の義娘になる姫だったから、幼い頃からとても優しく温かく接してくれた。シルヴィアも前国王を「ミーガンのおじさま」と呼んで慕っていたのだ。

それだけに、枯れ木のように痩せ細った姿を見るのは想像以上につらかった。

「またお元気になるわよね？　きちんとご挨拶できるようになるわよね……？」

「今、国中の腕利きの医師が治療に当たっている。大丈夫だ。父上は我が国を三十年以上に渡り統治されてこられた強き王だ。必ず戻ってくるさ」

ウィルフレッドは目を潤ませるシルヴィアにというより、自分自身に言い聞かせるように力強くうなずいた。

「ごめんなさい、本当にショックなのはあなたのほうなのに」

あふれそうになる涙を急いでハンカチで拭って、シルヴィアは気丈に顔を上げる。ウィルフレッドはそんな彼女をまぶしそうに見つめていた。

「確かに、一人だと参っていたかもしれない。だが、今はあなたがいるから」

「わたしが……？」

「あなたがわたしの代わりに悲しんでくれて、且つ励ましてくれるからな。おかげで下を向いている場合ではないと奮起できるのさ」

ありがとうの代わりなのか頭を少し乱暴になでられる。シルヴィアは「ちょ、ちょっと、髪型が崩れるわ」と言いつつ、意外さと嬉しさに少しドキドキしてしまった。

(ウィルフレッドがわたしをそんなふうに思ってくれていたなんて……。彼は見た目からして強くて、助けや慰めなんて必要としないひとかと思っていたけれど)

わりと繊細なところもあるのかもしれない。そんな新たな一面を見つけられたことを、シルヴィアは自分でも驚くくらいに嬉しく思えた。

——とはいえ、前国王があれほど弱っているとは驚いた。結婚式の二週間前に寝たきりになった、というから、病を得てから今日で一ヶ月くらいのはず。たった一ヶ月で、それこそ骨と皮だけの状態まで痩せてしまうなんて。

執務があるからというウィルフレッドと別れて自室の居間に落ち着いたシルヴィアは、お茶を淹れてくれる侍女頭にそれとなく尋ねてみた。

「ねぇ、マリエッタ。前王陛下はなにがきっかけで寝たきりの状態になってしまわれたのかしら？　病というけど、病名はわかっているの？」

侍女頭マリエッタはお茶を淹れる手をピクッと震わせたが、表情は変えずに「わたしどももわからなくて」と目を伏せる。

「お医者様たちもいろいろ話し合っているようですが、明確な病名は謎のようです」

「病名がわからなければ、どんな治療をすればいいかもわからないわよね？　この国の医師でもわからない病なら、国外の医師を呼んでみるとか。フィオリーナ王国にならわたしが手紙を書くこともできるわ」

「ええ、まぁ。ただ、そういったことは国王陛下に許可をいただきませんと」

それもそうだ。シルヴィアは「夜にでも提案してみるわ」と、ひとまず茶菓子に手をつけた。

「それと、臨時の議会が終了しまして、王妃様に護衛を割く余裕ができたと女官長から連絡を受けております。女官長としてはまずは奥向きのことを学んでいただきたいとのことでした」

「ああ、ようやく王妃らしく働けるときがやってきたということね」

シルヴィアはぱっと笑顔になって「さっそく女官長を呼んでちょうだい」とうなずいた。

一人で部屋でくつろいでいると前国王のことで悶々《もんもん》としそうだっただけに、王妃としての務めがはじまるのは単純に嬉しいことだ。

貴人の世話係として側に控える『侍女』と違い、『女官』は王宮の奥向きを預かる女性役人の総称だ。その女官たちの頂点に立つ女官長はなかなか厳しそうな女性で、さっそくミーガン王宮での決まり事や年中行事をまとめた資料などを持参してきた。

「王妃様におかれましては結婚相手の急な変更など、こちらにいらしてから大変に思われることも多かったかと存じます。ですが王妃として為すべきことは、そう大きく変わることはございません。一つ一つしっかり学んでいただきたく、お願い申し上げる所存です」

気難しい顔で慇懃《いんぎん》に言いきった女官長に、シルヴィアはたちまち負けん気を刺激されて、にっこりとほほ笑んだ。

「もちろんよ。フィオリーナにいた頃もある程度は学んできたけれど、やはり最新の情報とはいかなかったから。いろいろと教えてちょうだい」

「承知いたしました」

——女官長の教えはしごきと言っていいほど厳しいもので、何度か侍女頭のマリエッタが物言いたそうにやってくることもあったが、シルヴィアは無言で手を上げて下がらせる。ともすれば前王陛下の病状が気になってしまうだけに、ビシバシとあれこれ教えられるほうが気が楽になれた。

そういうわけで、シルヴィアはお茶の時間以外は王宮のしきたりや決まり事などをひたすら頭に叩き込んでいったのだった。

「初日から女官長にしごかれたらしいな？　さっそくいやになったんじゃないか？」

夜。夫婦の寝室にやってきたウィルフレッドにニヤニヤしながら尋ねられ、シルヴィアは「おあいにく様」とツンと顎を上げた。

「フィオリーナにいた頃についていた家庭教師も同じくらい厳しかったわ。硬い物差しを背中に入れて、舞踏会用の大広間を端から端まで一日歩かされたことに比べれば、だいたいどんな授業も耐えられるというものよ」

「そんなことをされたのか」

ウィルフレッドは遠慮なく大笑いした。

「わたしは小さい頃はお転婆で、礼儀作法もなにもなかったのよ。それだけに『なんとか他国に嫁ぐまでに、しとやかなお姫様らしくしないといけない』と、周りがはりきってしまったようで」

「なんとなく目に浮かぶな。お転婆なあなたも可愛いと思うが」

ちゅっと目元にくちづけながら言われて、シルヴィアはどきっと胸を弾ませた。

「そ、そんなことを言う物好きはあなたくらいよ」

「かもな。いずれにせよ元気そうでよかった。父上のことで落ち込んでいないかと心配していたのだ」

そのことをハッと思い出して、シルヴィアはたちまち真面目な面持ちになった。

「前王陛下の病名がわからないと聞いたわ。よければフィオリーナから医師を呼びましょうか？　他国の医師ならまた別の視点から病に気づけるかもしれないし」

「その気持ちだけ受け取っておこう。結婚前にも言ったが、王を務めた人物が重病に伏せっているというのはあまり他国に知られたくないものでな。同盟国であるフィオリーナであっても」

「そう……」

事情もわかるだけにシルヴィアはシュンとしつつもうなずく。うつむく彼女をウィルフレッドが正面から抱きしめた。

「ありがとう。父を気に懸けてくれるのは本当に嬉しい」

「……わたしにとっても義理のお父様だもの。当然よ。本当に、早く快方に向けばよいのだけど」

ウィルフレッドの背に腕を回してぎゅっと抱きつきながら、シルヴィアはつぶやく。

そんな彼女の顎を持ち上げ、ウィルフレッドは柔らかくちびるを重ねてきた。

「父のことは医師に任せよう。それより、あなたはおれのことを癒やしてくれないか？　これでも慣れない国王業務で、そこそこ疲れているんだ」

「……疲れているなら、すぐに寝たほうがいいのではなくて？」

「夫婦の寝室で、あなたがこんなふうに身をゆだねてくれているのに？」

これでただ眠るだけになったら、それこそ重病だろうとウィルフレッドは肩をすくめた。

そうして彼に抱き上げられて、シルヴィアは苦笑しつつ白旗を掲げる。ぎゅっと彼の首筋に抱きついたのと、再びキスされるのはほとんど同時だ。

今は交合に痛みを伴うこともほとんどない。

そのぶん彼の愛撫に信じられないほど感じてしまって、そのうち彼なしでは生きていけなくなるのではないかと、本気で考えるようになるほどだった。

＊　＊

　その翌日。シルヴィアはさる公爵夫人主催のチャリティーバザーへと足を運んだ。

　城下の市場の一角を借りてのバザーは公爵夫人が毎年行っているものらしく「よろしければ王妃様も見学にいらしてください」と手紙をいただいたのだ。

「ギムーア公爵夫人は慈善事業に熱心な方で、バザーのほかにも病院や孤児院への寄付もよく行っております。王妃様も慈善事業に興味がございましたら、ギムーア公爵夫人にお話を聞いてみるとよろしいかと思います」

「そうね。是非お目にかかりたいわ。……それと、バザーに出せるようなら、最近描いた絵を出したいわ」

　休息を取れる時間がたっぷりあったので、シルヴィアは毎日のように絵を描き、刺繍を刺し、それなりの作品をいくつか完成させていた。

　よろしいと思いますよ、と女官長にも侍女頭にもうなずいてもらえたので、シルヴィアはそれらの品々を持参してバザー会場へと足を運んだ。

「――ようこそおいでくださいました、王妃様！　ギムーア公爵の妻、コリーヌでございます」

「ごきげんよう、ギムーア公爵夫人。このたびはお誘いありがとう。——それにしても盛況で驚きました。いつもこんな感じなのですか？」

聖堂の前の広場は週末に立つという市場と同じくらい、大勢の人間で賑《にぎ》わっていた。

「ええ、ええ。たくさんのひとに協力いただいておりますの。あちらには貴婦人が出品しているブースもございますよ。是非ご覧になってください」

「ありがとう」

そうしてシルヴィアは公爵夫人の案内でブースにたどり着き、手伝いをしている婦人たちに挨拶をして、品物を見せてもらった。

「わたしもいくつか出品できるものを持ってきたの。公爵夫人のお眼鏡にかなうようなら置いていただいてもいいかしら？」

「まぁまぁ！　王妃様手ずからお作りになった品でございますか？　——まぁ、素晴らしい絵ですわね！」

ちょっとしたフレームに収められた、顔のサイズの花の絵を見て、公爵夫人は興奮気味に頬を染めた。

「フィオリーナでは売り物になったのだけど、こちらでは需要はあるかしら？」

「絵はあまり大きいものだと売れませんが、この程度の大きさだと土産代わりの花と同じくらいによく売れるんですよ！　それでなくても王妃様が手がけたお品でしたら、どんなものでも価値がありますとも！」

公爵夫人はさっそくブースの一部を空けて、シルヴィアが持参した二十枚近い絵を飾ってくれた。

「売上は公爵夫人がよいと思うところに寄付してくださいな」

「まぁ、寄付先を選ばせていただけるなんて、ありがたい名誉にございます」

「夫人は慈善事業に熱心だと聞いたけれど、どういったところに足を運んでいるの？」

「一番多くは孤児院でしょうか――」

そうして話しているうち、婦人たちが「王妃様が手がけた絵ですよ～！」と大声で呼び込みをしてくれたからか、気づけば絵はすっかり売り切れていた。

「王妃様、次も是非とも素晴らしい絵をお願いいたします！　いえ、むしろ王妃様がこのようなバザーを主催するのはいかがでしょう？　わたしなどよりよほど協力者が集まりますわ！」

目をきらきらさせて言う公爵夫人に、シルヴィアは「そのときは是非、公爵夫人にお手伝いをお願いしますね」とほほ笑んだ。

やがて公爵夫人は運営に携わる者たちに呼ばれて、足取り軽くそちらへ向かっていった。

「シルヴィア様、せっかくですからバザーを見て回るのはいかがです？」

一人になったタイミングを見計らって、お付きの侍女がささやいてくる。

そうね、とうなずいたときだ。横合いから「それならおれがエスコートしよう」という男らしい声が響いた。

「へいっ……！　と、ウィル、様」

思わず『陛下』と呼びかけそうになったシルヴィアはあわてて口をつぐんで、シンプルな軍服に身を包んだウィルフレッドを見やる。

彼は一兵卒の格好をしているのみならず、髪まで茶色に染めて変装していた。

「うーん、でも、不思議と一兵卒に見えませんね……将校に化けたほうがまだよかったのでは？」

「そういうあなたこそ、町娘のような格好をしているが、隠しきれない高貴な雰囲気がだだ漏れだぞ？」

シルヴィアの言葉に、ウィルフレッドは遠慮なく笑った。

「まぁ、これだけの人間がごった返している中だ。お互い変装はしっかりしておかないとな。——さ、行こうか」

シルヴィアの手を自分の腕にかけさせて、ウィルフレッドはさっそくバザーの中を歩きはじめる。ウィルフレッドが一緒なら安心と思ったのか、侍女たちはその場で一礼して残る旨を告げた。

代わりにウィルフレッドとともにやってきたとおぼしき護衛がついてくるが、会話は聞こえない距離でついてくるため、気兼ねなくあれこれ話すことができた。

「執務を抜けてきても大丈夫なのですか？」

「今日のぶんは終わらせてきたから問題ない。それにたまの息抜きは大切だ。視察を兼ねてのことなら、さほどうるさくも言われないさ」

ウィルフレッドは行き交う人々を楽しげに見つつ、屋台を冷やかして歩く。

「これなんか、あなたのピンク色の髪によく似合うな」

「まぁ、可愛い。美しい刺繍入りのリボンですね」

ウィルフレッドが手に取ったのはたくさん並べられていたうちの、青いリボンだ。

「庶民の女性のあいだでは、こういったリボンを髪に編み込むのが流行《はや》りだそうだ」

「まぁ、そうなの？　……そういえば公爵夫人も細いリボンを編み込んでいらしたわ」

王侯貴族のあいだでは髪の装飾と言えば宝石が常識だから、リボンというのは新しい。

しかもウィルフレッドが手にしたのは深い青のリボンで、シルヴィアの瞳の色とまった

く同じだった。

青ならピンクブロンドの髪にも確かに合うだろう。買おうかどうしようか迷っているうち、ウィルフレッドが「これをもらおう」と店主に声をかけていた。

「ウィル、様ったら。自分で買いますのに」

「冗談だろう？　一人できたならまだしも、男がいるのに金を出させないなんてあり得ない。なぁ、店主？」

ひとの良さそうな女性店主は「こういうときは贈ってもらうもんよ、お嬢ちゃん」と楽しげに笑っていた。

「編み込むのももちろん可愛いけど、単純に結んでピンで留めるのも可愛いよ。お嬢ちゃんは別嬪《べっぴん》だから、どんなアレンジでもきっと似合うよ！」

「あ、ありがとう」

シルヴィアはどぎまぎしつつ、店主からリボンの入った紙袋を受け取った。

「……んもう、ただでさえいろいろ贈られているから、これ以上はいいのに」

「そう言うな。こうして贈り物をするのも楽しいのだ。どうせならそんな台詞より、ありがとうと言ってくれ」

確かに礼を言わずにふて腐れているのは失礼だ。シルヴィアは気持ちを切り替え「ありがとう」と丁寧に礼を述べた。

「ついでに頬にキスしてくれてもいいぞ?」

「どうしてそうなるのよ！　往来でそういうことはしませんっ」

「手厳しいな」

そうは言いつつ完全におもしろがっている顔で、ウィルフレッドはクックツと肩を揺らして笑った。

その後もいくつかの店を回り、なんと買い食いまでしてしまった。串に刺したイチゴに溶かした飴《あめ》をかけて固めたものだったが、想像以上に美味しくて、つい二本も食べてしまう。

自分でも食い意地を張っていると恥ずかしくなったが、ウィルフレッドは五本も食べていたからおあいこだろう。

「本当に甘い物が好きなのね」

「ああ。なんというか、緊張感が甘みでやわらぐ感じもあって、それでよけいに好んでいるのかもしれない」

「なるほど……」

確かに甘いお菓子を食べると胸もお腹もほっこりする。無論、食べ過ぎると肌が荒れたり、胃がもたれたりするけれど。

（ウィルにはきっと関係ないでしょうね。次はこういう飴細工のようなものも作ってみよう）

そのうち、少し開けたところに弦楽器を持った演奏家が数人集まってきて、軽快な音楽を奏で始める。彼らもまたチャリティーのために集められた音楽家だそうだ。

「楽器ケースが広げてあるだろう？　演奏に対して入れたい金額を、聞いた者が自分で決めて入れるような仕様だ。無論、入れなくてもいい」

「あら、こんなに楽しい音楽なら是非入れるわ」

シルヴィアは自分の懐から財布を取り出して硬貨を入れる。すると演奏家の一人が「ありがとうね、お嬢ちゃん！」と叫び、再び弓を構えた。

「おっ！　お嬢ちゃんの横に凛々《りり》しい軍人のお兄ちゃんも発見！　君たちのためにとっておきのダンス曲を奏でるよ！」

そういって演奏家はとても拍子の速い曲を奏ではじめる。アップテンポの曲に会場は大盛り上がりで、あちこちで即席のダンスがはじまった。

「せっかく演奏してくれたのだ。おれたちも踊らないと！」

「え？　きゃあ！」

ウィルフレッドに引っぱって行かれて、シルヴィアもダンスの輪に飛び込んだ。

「きゃっ、ちょっと、ステップは⁉」

「そんなもの、あってないようなものだ！」

ウィルフレッドは言葉通り、適当に飛び跳ねながらシルヴィアをくるくると回しはじめる。周囲のカップルも似たようなものだ。そのスピード感と陽気さに、周囲からはやんやの喝采が上がる。

最初こそとまどったシルヴィアだが、音楽に合わせてとにかく動けばいいのだと割り切ってからは楽しかった。ウィルフレッドも少年のような笑顔でシルヴィアを振り回し、時折彼女を抱き上げて自分も回ってみせた。

「もう！　ウィルったら、目が回るわ！」

文句を言いつつもとても楽しくて、シルヴィアはぎゅっとウィルフレッドの首筋に抱きついて大笑いする。

ウィルフレッドも笑って、それからちらっと周囲を見渡した。

「——よし、今なら撒《ま》けるな」

「え？　きゃ！」

シルヴィアを抱いたまま、ダンスの波に紛れるようにして奥へ奥へと進んだウィルフレッドは、裏路地に入ると「こっちだ」と駆け出した。

「どこに行くの？　撒くって、もしかして護衛たちのこと？」

「ご明察」

そうして到着したのは、なんと結婚式を挙げた大聖堂だった。

「さて、ここまでくれば少し休憩できるだろう」

誰もいない礼拝堂に入ったウィルフレッドは、その隣の小部屋へと入る。そこは大きな儀式のときに必要なものを置いたり、聖職者が待機したりするための控え室だった。

普段は誰も近寄らない場所だけに、さほど物音を立てなければ気づかれることもないだろう。

「でも国王と王妃がこんなところにいると知れたら、聖職者たちが腰を抜かすわよ？」

「知られなければいいことだ。ここしばらく侍従でも護衛でも誰かしらが張りついている状態だったから、ほんの少しでも自由な時間が欲しかったんだ」

シルヴィアはハッと小さく息を呑んだ。

「そう……よね。あなたはもともと軍人で、さほど行動に制限がかかることもなかったから、今の生活は窮屈よね」

「まぁな。しかたがないところもあるが、たまには羽を伸ばしたいときもある」

「わたしがいたらお邪魔じゃない？」

「むしろあなたと二人っきりがよかったんだ」

思いがけず熱烈なことを言われた気がして、シルヴィアの胸がドキッと高鳴った。

「そ、それなら、いいけど……」

シルヴィアはどぎまぎしつつ、長椅子に腰かけるウィルフレッドの隣に座ろうとする。

すると、ウィルフレッドがシルヴィアの腰をひょいっと抱き上げ、自分の膝の上に彼女を座らせた。

「へ、陛下ったら」

「ウィルだろう？　そう呼んでくれていたのに」

「そ、そりゃあ、お忍びで外に出ているのだから、陛下ともウィルフレッド様とも呼べないでしょう？」

「今も陛下呼びはやめてくれ。あなたの前ではウィルでいたい」

またまた無心ではいられない台詞だ。シルヴィアは頬が熱くなるのを感じながら「ご、ご自由に」と半ば投げやりに答えた。

「赤くなって可愛らしいな」

「んっ」

耳にキスされ、シルヴィアはピクンと肩を揺らす。

それが彼のなにかを刺激したらしく、気づけばシルヴィアは長椅子の座面に柔らかく押し倒されていた。

「あ、陛下、ん――」

「ウィルだ。シルヴィア」

名前を呼ばれると胸がとくんと高鳴って、シルヴィアは（いやいや、ときめている場合ではないわ）とあわてて自分に言い聞かせた。

「お戯れはよしてください。ここをどこだとお思いですか」

「おれたちが永遠の愛を誓ったところだ。違うか？」

「それはそうですけど……！」

そういう意味ではなくて……！　というシルヴィアの抗議の声を聞き取ったのか、ウィルフレッドはクックッと肩を揺らした。

「頼む。すごくしたい気分なんだ」

「んもう、誰かきたらどうするのですか」

「あなたがあまり大きな声を出さなければいい」

ウィルフレッドは手早くシルヴィアのシャツのボタンを空けて、その下のコルセットに手をかける。町娘に変装するため、今日は衣服のみならずコルセットも着脱しやすい、紐《ひも》を前で縛るタイプのものだ。

もともとお転婆なシルヴィアは硬いコルセットが今でも苦手だ。今日は外に出るからという理由で、嬉々《きき》としてこの下着を着けてきてしまった。

いつもの硬いものなら紐も背中側で結ぶだけに、こうやすやすと脱がせられなかったのにと悔しく思う。

一方で、彼がこれほど性急に自分を求めてくれることにドキドキする気持ちもあって、そんな自分に大いに驚いてしまった。

「ねぇ、本当に、するの？」

「ああ」

「んっ」

さっそく露わになった乳房にキスされ、乳首を舐め転がされて、シルヴィアはあわてて両手で口元を押さえて声が漏れないようにする。

だが声を立てないようにと思えば思うほど、なぜか感覚が鋭敏になって、彼の愛撫をひどく感じてしまった。

「ま、って……あ、あんまり、んっ、舐めないで」

「無理な相談だな」

上がりそうになる声を抑えて必死に訴えるも、ウィルフレッドはまったく構わずに乳首を舐め転がす。

「あぁあ……っ」

たまらず喉を反らして喘ぐと、ウィルフレッドがにやりと笑う気配がした。

「いやだと言いつつ、ここは正直だな。もう勃っている」

「だ、誰のせいだと……んんっ！」

ちゅうっときつめに吸われて、シルヴィアはびくんっと肩を跳ね上げる。

「も、本当に……そんなに吸わないで」

「濡れてくるからか？」

上目遣いに尋ねられて、シルヴィアはドキッとしながら足を擦り合わせる。

──今日までの日々で、ウィルフレッドの愛撫が気持ちいいことを身体はすっかり覚えてしまった。

ちょっと舐められただけ、指先でなでられただけで、その先を期待する下腹部の奥は勝手にうずうずと熱くなってしまう。足のあいだが潤んでいる気配もあって、シルヴィアは目元を赤く染めた。

ウィルフレッドもシルヴィアの乳首を舐め転がしながら、器用にスカートをまくり上げて、その下の下着に指を這わせてくる。

「んんっ」

薄い布越しに秘裂を指先でなぞられて、あふれ出た蜜がつぅっとしみだしていくのがわかった。

「脱いだほうがいいな」

下着の脇にある紐を引っぱって薄い布を引きはがすと、ウィルフレッドはシルヴィアの秘所にそっと右手を這わせてきた。

「は、あぁ……んんっ」

ぬぷ、と指が入れられ、シルヴィアは顎をそらして快感をこらえる。

ウィルフレッドは中指を慎重に抜き差ししながら、同じ手の親指でシルヴィアの花芯を探り当てた。

「んっ……あ、あ、一度に……だめ……んっ」

花芯を親指で圧しながら中指を器用に抜き差しする彼に、シルヴィアは弱々しい声で懇願する。ウィルフレッドは「どちらも好きだろう?」と楽しげにつぶやいた。

「今は、駄目よ、本当に……」

「聞けないな」

シルヴィアの身体をゆっくり倒して仰向《あおむ》けにさせると、ウィルフレッドは彼女のスカートをまくり上げて、片足をぐっと持ち上げる。

秘所が彼の眼前にさらされる格好になって、シルヴィアはあわててスカートを押さえた。

「み、見ないで」

「毎夜のように見ているが？」

「そ、れは……！　夜だから、まだ許せるのよっ」

小部屋の中とは言え、天井近くには窓がしつらえられており、室内は明るい。胸を露わにしているだけでも恥ずかしいのに、秘所となればそれ以上だ。

「いいじゃないか。おれは見たいのだ」

「わたしの意見は無視なの？」

「許せ。そのぶん気持ちよくしてやるから」

「んあっ……！」

さっそく蜜口の上部に口づけられて、シルヴィアは大きくのけぞる。

花芯を包んでいた包皮を起用にくちびるで剝いて、露わになったそこに彼はチュうっと吸いついてきた。

「ンンン……‼」

声を出してはいけないと両手で口をふさぐが、抑えきれない嬌声《きょうせい》がどうしてもこぼれていく。

どこまで我慢できるかなという面持ちで、ウィルフレッドは楽しげに舌を這わせてきた。

「ふぁ、んっ……、んあぁあう……っ」

ぬるぬると花芯を舐められ、ちゅうっと吸われると、腰が勝手にビクビクと跳ねて止まらなくなる。

湧き上がる愉悦のあまり下腹部の奥が燃えるように熱くなってきた。迫りくる絶頂の予感に、シルヴィアははっはっと浅い呼吸をくり返す。

「だ、だめぇ、それ以上は……あぁああ……っ」

駄目と言っているのに、ウィルフレッドは蜜口から指を差し入れて、花芯の裏当たりを指の腹で緩やかにこすり立ててきた。

（あ、だめ、いっちゃう……っ）

「――んぅう……ッ‼」

湧き上がる愉悦に耐えきれず、シルヴィアは腰を浮かせてがくがくと全身を震わせる。

彼が指を引き抜くと蜜がどぷりとこぼれて、シルヴィアは気持ちよさと羞恥にうっすらと涙ぐんだ。

「達したようだな」

「……も、駄目って……言ったのに……」

はぁはぁと喘ぎつつ恨みがましい気持ちでつぶやくと、ウィルフレッドは「悪いな」とほほ笑んだ。

「あなたが感じてくれるのが嬉しくて、ついやり過ぎてしまう」

「悪趣味だわ……」

「だが、きらいではないだろう?」

「んっ」

ヒクつく花芯に口づけながらささやかれて、シルヴィアはまた腰を跳ね上げた。

「じ、自意識過剰よ……っ」

「国王という立場にいる者は、そのくらいの図太いほうが楽なのだ」

「んあぁう!」

太い指で中を緩やかにこすり立てられて、まだ絶頂の余韻が抜けきらない身体はあっという間にうずきはじめる。

「は、あぁ、ああ……っ」

「気持ちいいか？」

「いい、から……っ、本当に駄目なの、抑えが利かな……っ、あぁあ……！」

ぐちゅぐちゅと音を立てながら抜き差しされ、さらには乳首まで舐め転がされて、シルヴィアはがくがくと震えながら激しく身をよじらせる。

「感じやすいのはいいことだ。そのほうが苦痛も少ないし、楽しめるだろう？」

「と、ときと、場合によるわよ……！　んんっ！」

ちゅうっと乳首を吸い上げられ、親指の腹で花芯を圧されて、シルヴィアはビクビクッと足先まで引き攣らせた。

「まぁ確かに、悠長にしている時間がないのは確かだ」

ウィルフレッドは指を引き抜くと、見せつけるようにぺろっと蜜まみれのそれを舐める。そして自身の脚衣をすばやく緩めると、待ちきれないとばかりにぶるんっと飛び出してきた男根を摑んで、シルヴィアの蜜口にあてがった。

「あ、ほ、本当にするの……？」

いつ護衛が戻ってくるかもわからないというのに。

「ここまできてやめるのか？　それこそ無理な話だ」

ウィルフレッドは当然という面持ちで、シルヴィアの腰を抱え直す。

そしていきり立った先端をぐっと埋めてきた。

「あ、あ、入って……あぁああ……！」

ぬぷぬぷと入ってきた男根の熱さに、シルヴィアは耐えきれず声を上げる。

根元まで埋め込んだウィルフレッドが、その声を奪うように口づけてきた。

「んんっ……！」

激しく舌を絡ませながら、腰がゆっくりと動き出すのを感じて、シルヴィアはびくびくと震える。眉間のあたりがむずむずして、頭の中は靄《もや》がかかったようにただただ熱い。

いつ護衛が戻ってくるかとハラハラしているのに、気持ちと裏腹に彼を受け入れる蜜壺は激しくうねって、まるで歓迎するように彼の剛直に吸いついていた。

「は、ぁ……っ、そう締めるな、もっと楽しみたいのに」

口づけを解いたウィルフレッドが汗を滲ませながら不敵にほほ笑む。

煽るようなほほ笑みにシルヴィアはカッと目元を赤らめた。

「し、知らない……っ、んっ、ああぁ……！」

この期に及んで突っぱねようとするシルヴィアをどう思ってか、ウィルフレッドがじゅぷじゅぷと音を立てながら肉竿を抜き差ししてくる。

「は、あぁ、あぁうああ……っ」

「口でなんと言おうと……あなたのここは素直だ……っ。おれにからみついて、離そうとしない」

「あ、あぁあぁんっ」

　腰を打ちつけられるだけでも感じてしまうのに、彼の大きな手が乳房を揉んでくるのも感じてしまう。

　ふくらみを中央にまとめて、両方の乳首をきつく吸い上げられると、目の前がちかちかするほどの愉悦が湧き起こった。

「ああっ、あ、い、いっぺんに、しないで……あぁあ！」

　やめてと言われてやめるウィルフレッドではなく、むしろもっとシルヴィアを乱れさせたいとばかりに、腰の動きをより大胆にしてきた。

「あぁああう……！」

「んっ、はぁ……シルヴィア……ッ」

　ウィルフレッドも締め付けが心地よいのか、彼女の首筋に舌を這わせながら熱い吐息混じりの声を漏らす。

　その声にひどくドキドキして、シルヴィアは羞恥と興奮でより身体を熱くさせた。

「は、ぅ……っ、んぅ、う――ッ……‼」

抽送の激しさで長椅子がギシギシと音を立てる。さほど大きな座面でないため落ちそうな怖さがあって、シルヴィアはウィルフレッドの背にしがみついた。

ウィルフレッドもますます彼女を引き寄せて、腰を激しく打ちつけてくる。

蜜があふれるじゅぷっという音に肉を打つパンパンという音まで加わって、なんとも淫らなことこの上ない。

だが彼の熱と抽送の力強さに引きずられ、シルヴィアもどんどん気持ちよくなっていった。

「は、あぅ、んんぅう……！」

結合部からあふれた蜜が臀部を伝い落ちていく。激しいキスを受け止めたせいで、まとめていた髪もすっかりほどけた。

だが身なりなどどうでもよくなるほど、今はただ気持ちよくて仕方がない――。

「は、ぁ……いく……っ」

やがてウィルフレッドが艶を帯びた低い声でつぶやく。

その声に胸が高鳴った瞬間、下腹部の奥から熱い奔流が生まれて、シルヴィアの全身にほとばしった。

「んんぅう――ッ……!!」

頭が真っ白になるほどの絶頂の波が押し寄せて、シルヴィアは四肢を突っ張ってビクビクッと激しく震える。

そんな彼女を激しく掻き抱き腰を打ちつけたウィルフレッドも、「ぐっ――」とうめき声を漏らして、欲望を解放した。

ふくらんだ先端からビュクッと白濁が噴き上がり、シルヴィアの中に注ぎ込まれる。

熱い精がじんわりと染み入ってくる感覚に、シルヴィアはうっとりと目を伏せて、ほぅっと甘いため息をついた。

「シルヴィア――」

はぁっ、と大きく息をついたウィルフレッドが、シルヴィアの髪をなでながら口づけてくる。

当たり前のように舌が入ってきて、シルヴィアも彼の首筋に腕を回してキスに応えた。

「ふ、ぅ……っ」

ぬるぬると舌を擦り合わせるうちに、蜜壺に埋められたままの男根がムクムクと硬度を取り戻していく。

内側から圧される感覚が苦しいどころか気持ちよくて、シルヴィアはそんな自分の反応におおいに戸惑った。

「もう一度するか……？　あなたも物足りなさそうだ」

シルヴィアが男根の硬さを感じるのと同じように、ウィルフレッドは彼女の蜜壁がねっとりとからみつくのを感じたのだろう。いたずらめいたまなざしで、こちらをじっと見つめてくる。

彼の美しい紫色の瞳に、ついついぼうっと見とれていたシルヴィアは、ハッと我に返ってまばたきをくり返した。

「だ、駄目よ、なにを言っているの」

「物足りなそうな顔をしているが？」

「そんなのはあなただけよ……！」

つい喧嘩腰になったときだ。

外からバタバタとあわただしい足音が聞こえてきて、シルヴィアはあわてて息を詰める。

「――いたか？　こっちは確認したか？」

「いや、まだだ。頼めるか？　おれたちは裏に回るから」

「わかった」

まだ遠いが、あれは明らかに護衛たちの声だ。

シルヴィアはほっとしたような……なぜか、がっかりしたような、なんとも複雑な気持ちに駆られたが、ウィルフレッドは明確にムッとしたらしい。「ちっ」と行儀悪く舌打ちするのが聞こえてきた。

「優秀な護衛どもめ。あと一時間は見失ってくれていてよかったのに」

とんでもない言葉に、シルヴィアはあわてて彼の胸を叩いた。

「じょ、冗談を言わないでちょうだい。ほら、早く退《ど》いて」

なんとかウィルフレッドを押し出そうとするが、情事のあとのためか、情けないほどに力が入らない。

だがウィルフレッドはすばやく身を起こして自身の脚衣を戻すと、シルヴィアのコルセットをすぐに調えて、町娘らしい衣服も完璧に直してくれた。

そうして何食わぬ顔で小部屋の外に出たときだ。護衛の一人がちょうど大聖堂に入ってきて「あ、陛下!」と大声を出した。

ウィルフレッドはわざとらしく片耳に指を突っ込んで「大声で呼ぶのはやめろ」としかめっ面になる。

「お忍びで出ているのが台無しではないか」

「はっ、申し訳ありませ……っ、いえ! それよりも、いきなり我々を撒いて脱走するのは金輪際やめてください! 本当にどちらに行かれたのかと、気が気ではなかったのですから……！」

真面目な護衛はウィルフレッドの不機嫌顔にひるむことなく、果敢に言い返してくる。

しかしウィルフレッドはどこ吹く風。軽く肩をすくめてさらっと言った。

「せっかくだから愛を誓った場所で、ゆっくり妻と語らいたかったのだ。それくらい許せ」

所在なさげなシルヴィアを見て、護衛も「う、それは、まぁ……わかりますが……！」と気まずそうにする。シルヴィアもなんとも言えず、明後日の方向に目を泳がせた。

やがて護衛たちが集まってきて、二人きりの時間は終わりを告げる。

バザーが行われている方向へ歩いて行くと、国王付きの侍従がウィルフレッドを呼びにやってきた。どうやら新しい執務が入ったらしい。

そのため、二人はバザーの屋台が建ち並ぶ場所で別れることになった。

「悪いな、城まで送ってやりたいところだが」

「わ、わたしはここで大丈夫よ。それより急ぎのお仕事でしょう？　早く戻って」

これ以上一緒にいたら顔のほてりがいつまで経《た》っても引かない。

その思いからつい、つっけんどんな態度を取ってしまうが、ウィルフレッドは怒ることなく、むしろ楽しげにシルヴィアを見つめていた。

「楽しいデートだった。また行こう」

シルヴィアのこめかみに口づけながらウィルフレッドはそうささやく。

そうして踵を返して去って行った彼に、シルヴィアはドキッとするやら、あきれるやらで……とにかく、小部屋であんなことは二度とするものかと固く誓った。

（だって、護衛たちはなにも言わなかったけれど、小部屋でなにをしていたか、きっと気づかれているもの……）

シルヴィアが平然と歩いていたなら違っただろうが、あいにくと突然の情事のおかげですっかり足が萎えてしまい、ここまでウィルフレッドに抱っこされて移動してきたのだ。

そのときの護衛たちの生ぬるいまなざしときたら……穴があったら入りたいとは、まさにこのことである。

幸い、二人を出迎えた侍女たちは気づかないようで「陛下とのお散歩がよほど楽しかったのですね」とか「歩き回ってお疲れなのでしょう」と、ニコニコするばかりだ。それはそれでいたたまれない。

だが一方で、

「あら？　御髪《おぐし》がずいぶん乱れていますが、どうなさいました？」

と聞かれたのには思わずひやりとした。

「その、演奏家たちの音楽に合わせて思い切りダンスを踊ってしまって。気づいたらほどけてしまったのよ」

あながちうそではないことを堂々と告げると、年若い純真な侍女はすっかり信じて、ころころと笑ってくれた。

「ああ、なるほど。でもそのほうが町娘っぽく見えていいかもしれませんね」

「た、確かにそうね」

まったく疑われないのもまた気まずい……。

シルヴィアはもどかしいようなむずむずする気持ちを抱えつつ、「とにかく、もう帰りましょうか」と、必死にすまし顔を作って歩いて行ったのだった。

＊　＊

チャリティーバザーで公爵夫人との繋がりができたため、シルヴィアも夫人が紹介してくれた施設をいくつか視察したいと希望を出した。

希望したところで日程や護衛の調節があるので、そうすぐには動けない。日程ができあがるまでは王宮の年中行事を学んでおこうと、シルヴィアは侍女たちをお供に城中を歩き回ることにした。

「――こちらが王城の敷地内にある聖堂です。奥は王家の墓所となっております。棺が墓所に埋葬される際には、こちらの聖堂で最後のお祈りと、ご家族とのお別れが行われることになりますね」

「その儀式への参加は、生涯を通してできうる限り少ないことを祈っているわ」

シルヴィアはしみじみつぶやきながらも、聖堂の聖職者の案内で墓所に入り、ミーガン王家の墓に祈りを捧《ささ》げた。

「墓所もそうですが、こちらの聖堂も王族の方であればいつでも出入りできますので」

「ありがとう。せっかくだから少しお祈りしていくわ」

聖堂と墓所の管理人でもある聖職者にそう言って、シルヴィアは一人で祭壇の前に膝をつき、ウィルフレッドの忙しい時期が早く過ぎますように、そして前王陛下の病が快癒に向かいますようにと心から祈った。

(それと、ファウスト様も無事でいらっしゃいますように)

元婚約者である王太子の駆け落ちには驚いたけど、だからといって彼のことをきらいになったわけではない。むしろ、病に冒された身体で長く逃亡して大丈夫だろうかという心配のほうが大きいのだ。

（ファウスト様が無事とわかれば前王陛下の快癒の兆しになるかもしれないし……）

ウィルフレッドも少しはほっとするのではないだろうか？　国王として気丈に政務に励んでいるが、寝たきりの父親と行方不明の兄に対し無心ではいられないはずだ。

（わたしにできることがあるといいのだけど……。いえ、それこそ、この国の王妃としてしっかり責務に励むことが、今のわたしにできる一番のことよね）

改めてミーガンの王妃としてがんばっていこうと気持ちを固めると、少しスッキリした。

入り口で待っていた侍女たちと合流して、シルヴィアは再び城内の散策をはじめた。


儀式や行事に使われる場所を一通り回ったところで、ちょっと休憩しようという話になる。庭の一角にお茶ができる場所があるとのことで、ひとまずそこに向かうことにした。

「お茶を準備して参りますね。王妃様はこちらでお待ちください」

「ありがとう。……ここも、とてもきれいな花が咲いているわね」

よく手入れされた東屋《あずまや》に入ったシルヴィアは、少し遠くにある花壇を見つけて目を細める。

シルヴィアが花が好きだと知っている侍女は「よろしければいくつか摘んでまいりまし

ようか?」とほほ笑んだ。

「お茶の席に花があったら素敵ですもの」

「そうね。お願いしていい?」

「はい!」

年若い侍女は元気に返事をして、さっそく庭師を呼びに行った。

侍女たちが離れて一人になったシルヴィアは、椅子の背もたれに寄りかかって「ふぅ」と息をつく。

この国に嫁いだ頃はまだ寒かったが、今はずいぶん温かくなった。日に当たって歩いているとと汗ばむくらいだ。

お茶も温かいものより氷を入れたもののほうが好まれる季節になるな……とぼんやり思っていると、背後の渡り廊下から楽しげな笑い声が響いてくる。

そっと振り返ったシルヴィアは、洗濯籠を抱えた女官たちがのんびり歩いてくるのに気づき、あわてて姿勢を正した。

女官たちは東屋にひとがいることに気づかないようで、うわさ話を続けた。

「前王陛下が倒れられて、ファウスト様が駆け落ちされたときは、本当にどうなることかと思ったけれど……結局ウィルフレッド様が即位されて、収まるところに上手く収まったという感じがしない？」

「そもそも前王陛下は病弱なファウスト様ではなく、ウィルフレッド様を王位に就けようと考えていらしたみたいだし。結果的に前王陛下の希望通りになったという感じよね」

「わたしたちは誰が王様だろうと、しっかりお給金をもらえればそれでいいわけだけど」

「その通りね！」

きゃはは、と笑った女官たちは「それにしても」と洗濯籠を見下ろす。

「ウィルフレッド陛下と王妃様、ずいぶんと仲がよろしいことで」

「この状態の敷布を見たらそう思わざるを得ないわよねぇ。毎晩とは言わないけれど、結構な頻度で、ね」

「お熱いことで」

あけすけすぎる言葉にシルヴィアは思わず咳《せ》き込《こ》みそうになる。あわてて口元を押さえて東屋の柱の陰に隠れるが、じわじわと赤面するのは止められない。

（うぅ、洗濯の負担を増やしてごめんなさいね……！　でも敷布が汚れるのはウィルのせいよ！　こちらが『もう駄目』『無理』と言っても、愛撫をやめてくれないから……！）

恨みがましい気持ちで閨のことを思い出していたシルヴィアだが、続く女官たちの言葉にハッと目を見開いた。

「陛下としてはそれだけ早く跡継ぎが欲しいということでしょうね。前王様はあの状態で、ファウスト様は行方不明。……行方不明のままならいいけど、ひょっこり戻ってこられたら困るじゃない？　だからこそ早く跡継ぎを作って、ご自分の国王としての地位を盤石にしたいのでしょう」

でしょうねぇ、とほかの女官たちも同意して、渡り廊下から別の建物へと入っていく。

彼女たちの足音が聞こえなくなっても、シルヴィアはしばらく動くことができなかった。

（……毎夜のように抱き合うのは、新婚だから普通なのかしらと思っていたけれど……）

そういう思惑をウィルフレッドが持っていたのだとしたら、頻度の高さも納得できる。

それこそ、誰が入ってくるかもわからない大聖堂の小部屋で性急にことに及んだのも、交歓のチャンスがあれば逃したくないということだったのだろう。

（……跡継ぎを作ろうとするのは、別におかしなことではないわ）

国王と言わず、若い当主というのは真っ先に跡継ぎについて心配されるものだ。多くの功績を挙げても跡継ぎがいないだけで不当な評価をつけられるし、逆に跡継ぎさえいれば家も仕事も安泰だという向きすらある。

シルヴィアだって、ここに嫁ぐ際には第一に『お世継ぎを産むこと』を目標に掲げていたのだ。

だからウィルフレッドが世継ぎ目当てで自分を抱くのも当然のことだと理解できる。世継ぎを産んでくれる相手を丁重に扱うのも、彼の性格を考えれば当然のこと。

だから特段に驚くことも、悲しむこともないはずだ。

それなのに……。

（……どうしてこんなに胸が痛いのかしら……）

心の中に急に秋がきたような、さみしくも痛々しい隙間風が吹きこんでいく。心が寒くなると身体の熱も一気に引いて、春のポカポカした陽気まで遠ざかっていくように思えた。

それがどうしてなのかわからず、シルヴィアはしばらく胸元を押さえて、じっと石のように固まってしまったのだった。

そんなことがあったせいか、どうにも上の空で、その日のお茶菓子として作ったブラウニーは少々焦げてしまった。

いつもと同じ時間に国王の執務室にワゴンを押していったシルヴィアは、慎重な手つきでお茶を淹れて「休憩にしましょう」とウィルフレッドに声をかける。

執務室での二人のお茶の時間もすっかり習慣化した。ウィルフレッドも書類から顔を上げて、肩を回しながら応接用の長椅子に腰かけた。

「――確かに少し苦いな。あなたにしてはめずらしいミスだ」

笑いながらブラウニーをつまむ彼に、シルヴィアはなんとも言えない気持ちになる。

女官たちの話を聞く前ならこの笑顔を見て素直に嬉しいと思えただろうし、からかいの言葉には「悪かったわね」と即座に言い返していたはずだ。

曖昧にほほ笑み返すと、シルヴィアの様子がおかしいと気づいてか、ウィルフレッドもふと真面目な面持ちになる。

「なにかあったか？　女官長にいじめられたとか」

「そんなことはないわ。彼女は厳しいけれど教え上手よ」

罪のない女官長がお叱りを受けたら大変だと、シルヴィアはあわてて否定した。

「じゃあなにがあった？」

「その……」

あわてて言い訳を探したシルヴィアは、とっさに女官たちの話題を口にしていた。

「その、女官がファウスト様の行方が心配だとうわさしているのを聞いたものだから、そういえばどうなっているのかとわたしも気になってしまって」

「ああ」

ウィルフレッドは苦い顔をしつつも、それは確かに気になるだろうとうなずいた。

「捜索は続けているが芳《かんば》しい情報は入っていない。さほど遠くに行ける身体ではないから、思いがけず近くにいるかもしれないがな」

「そうね……駆け落ちをしたことで病状が悪化していなければいいけれど」

実際に心配なだけに眉をシュンと下げながら答えると、

「……ファウストが見つかったほうがいいか？」

と、ウィルフレッドがぽつりとつぶやいてきた。

「えっ……？　それは、見つかったほうがいいに決まっているわ。今はもう廃嫡になったでしょうけど、一度王太子の地位にあった方が行方不明というのは、あまりいいことではないもの」

「まぁ、そうだな」

ウィルフレッドはうなずいたものの、どこか歯切れの悪い面持ちだ。

「なぁに？　ファウスト様が見つかったら困ることでもあるの？」

そのためシルヴィアもつい探るようなことを聞いてしまう。

「いや、困ることは別にない。別にない、が……」

ちらっとシルヴィアを見やったウィルフレッドは、言いづらそうに口元をもごもごと動かす。

彼の煮え切らない様子は、心許ない気持ちになっていたシルヴィアの神経を否応なく刺激してきた。

「それならなんなの？　そもそもお兄様が行方不明なのに冷静すぎでは？　前王陛下のことといい、ちょっと冷たい気がするわ」

するとウィルフレッドもカチンときたのか、眉をつり上げて反論してくる。

「そういうそっちは気にしすぎじゃないのか？　おれが大丈夫だと言っているのだから、それを信じてどんと構えていてほしいものだが」

「そうは言っても限度があるわよ。ファウスト様が病弱なのは皆が知るところだし、一ヶ月経っても見つからないなんて——最悪のことを考えてもおかしくないじゃない！」

言わないほうがいいと胸にしまっていた考えが、ムキになったことでつい口から飛び出した。

ウィルフレッドも目の色を変えて鋭く息を呑む。

「それは——ずいぶんと、ファウスト思いなことだな。それだけファウストと結婚したかったということか。おれではなく」

「なにを言っているの？」

思いがけない方向に話が進んで、シルヴィアはうろたえた。

「結婚のこととファウスト様を心配する気持ちは別でしょう?」

「いいや、おれには同じに思えるな。——急な結婚相手の変更だったとはいえ、あなたはおれに心を開いてくれていると思っていたが」

少し投げやりな気持ちも見える声音で言われて、シルヴィアは「ちょっと待ってよ」とあわてて椅子から腰を浮かせた。

「どうしてそういう話になるの。わたしは——」

だが続きを言う前に扉がノックされて、続きの間に控える青年侍従が「陛下、よろしいでしょうか」と扉越しに声をかけてくる。

「なんだ、休憩中だぞ」

「申し訳ありません。財務大臣が先日の予算案について、いくつか確認したいことがあるとのことで」

急ぎのご様子です、とつけ足された侍従の言葉に、ウィルフレッドは「ちっ」と鋭く舌打ちした。

「——急用が入った。悪いが離席する」

「あ……」

すばやく立ち上がったウィルフレッドは、そのまま執務室を出て行く。バタン、と無情に閉まった扉を見て、シルヴィアは無意識に彼に伸ばしていた手をのろのろと下ろした。

「……どうしてこうなってしまったの？」

まったく予想していなかった会話の流れに、シルヴィアは半ば呆然としながらつぶやく。思い出すだけで胸がしくしく痛んで、涙まで出そうだ。決して彼と喧嘩したかったわけではないのに。

（ファウスト様の話題を出したのがいけなかった？　でも心配なのは事実だし……心配しているだけで、別にファウスト様と結婚したかったとか、そんなことは……）

正直なところ、ファウストとの結婚に関しては、もうどうでもいいというか……。

（ウィルと結婚できたことで、当初考えていたものとまったく違う結婚生活になって、驚きはあれど、本当に嬉しくて……。幸せで……）

ウィルフレッドのことも、どんどん好きになって――。

そう思った瞬間、シルヴィアは大きく息を呑んで口元を押さえた。

「わたし、ウィルのことを好きだって思った？」

だから……彼にあんなふうに誤解されて、怒られて、こんなに悲しくなっているの？

（女官たちの、お世継ぎ欲しさに彼がわたしを抱いているのだという話を聞いて、身体中が冷たくなったのも……）

「彼に大切にされていると思っていたのが、そうではないと言われたように感じたからなの……？」

そう考えるといろいろ腑《ふ》に落ちて、シルヴィアは震える両手で頬を押さえる。

自分は彼を好きでいるのだとわかって、本当なら嬉しく思うはずなのに――こんな喧嘩のあとでは、ただただ悲しくつらいばかりだ。

「どうしてこうなってしまったのかしら」

答えのない問いを改めてつぶやいて、シルヴィアは泣きそうな思いで細く長くため息を吐き出すのだった。

第四章　不穏の日々

その日の夜、ウィルフレッドは夫婦の寝室にやってこなかった。予算案のことで再会議が開かれることになり、今日に限らずしばらく夜は遅くなるとのことだった。

「お詫《わ》びにこちらの花を預かっております」

ウィルフレッドの伝言を伝えにきた侍従は、一抱えもある花束を渡してきた。

色とりどりの季節の花であふれた花束に、シルヴィアはまた泣きそうになる。

あんな喧嘩をしたのだ。機嫌を損ねても無視されてもおかしくないのに、こんなふうに花を贈ってくれるなんて。

――同時に、世継ぎを早く設けるためのご機嫌取りではないかという考えもちらっと頭に浮かんで、そんなことを思った自分自身がひどくいやになった。

「ありがとう。陛下に『ご無理なさいませんように』と伝えてくださる？」

「承知しました。おやすみなさいませ」

侍従は笑顔でうなずいて、丁寧に一礼すると王妃の私室を出て行った。

「王妃様、お花はどちらに飾りましょうか。たくさんありますので分けて飾りますか？」

「そうね……。いいえ、今日はすべて寝室にお願い」

「かしこまりました。すぐに花瓶に生けますね」

そうして侍女たちが見目よく生けてくれた花を、シルヴィアは眠れないままに夜遅くまでじっと眺める。

とりわけ彼の瞳の色と同じ、紫色の花には目が吸い寄せられた。

（次に顔を合わせたときには、ちゃんと謝らなくちゃ）

彼が心配するなと言ったことに対し、いろいろ突っ込むような言葉を口にしたのは確かにいけなかった。あれでは誰でもいやな気持ちになる。

（ギクシャクしたままでいるなんていやだもの。早めに謝って、仲直りしましょう）

――だが予算案が決着したあとも、別の仕事が立て続けに入ってきたのか、ウィルフレッドはまた忙しくなってしまった。

朝食の席にもこなくなった上、あちこちに出向くのでお茶の時間にもこなくていいと言われてしまう。

手持ち無沙汰になったシルヴィアは「なんてタイミングの悪い……」と思いながら、女官長の指導のもと、王妃としての勉強を黙々とこなしていった。

(もしかして忙しいのは建前で、わたしのことを避けるためにわざと仕事と言っているのかしら?)

という穿《うが》った考えも浮かんだが、ウィルフレッドは本当に忙しいらしい。侍女たちはもちろん、女官長ですら「王妃様がこれほど毎日頑張って学んでいらっしゃるのに、その様子見にもいらっしゃらないなんて」と不満をこぼしていたから相当である。

「あら、女官長から見てもわたしは頑張っているように見えて?」

「わたくしは自分でも自分のことを厳しく愛想のない人間だと思っております。それゆえお世辞も言いませんし、忖度《そんたく》もいたしません。そんなわたくしでも、王妃様は毎日真摯に学んでおいでだと断言できます。自信をお持ちくださいませ」

胸を張って請け合う女官長がおもしろくて、シルヴィアは声を立てて笑ってしまった。

そのおかげで少し元気が出てきて、シルヴィアは徐々に勉強ではなく、執務にも手をつけていくようになった。

「国の予算を決めるのは国王を頂点とした国の重鎮方ですが、王宮、とりわけ王室の予算を決めるのは王妃様の役目になります。これまでお教えした王宮の年中行事や慣習を鑑み、過去の記録を参考にしつつ、いろいろ案を考えてまいりましょう」

同時に、先頃希望を出していた、各施設の見学の日程もできあがってきた。

ほかにも国が取り組んでいる建物や橋の建造状況の視察や、貴族たちの催しに出席してほしいという要望書も上がってくる。

これまでこの手の公務は第二王子のウィルフレッドが担っていたそうだが、今の彼は国王の政務で手一杯だ。そのため今後はシルヴィアに回されるだろうとのことだった。

「外に出るのは好きよ。たくさんのひとと会うのもね。だからその手の公務はどんどんわたしに回してちょうだい」

忙しいほうが気が紛れることもあって、シルヴィアは積極的に公的な場に足を運ぶようになった。

その日の公務は王立公園の開園三十周年を祝う祝賀行事への参加だった。前王陛下が若い頃に整備された王立公園は王都の人々の憩いの場になっている。

シルヴィアは王妃として祝いの言葉をスピーチし、三十周年の記念樹の植樹を務めた。

その後は市井の人々も交えて和やかな懇談があったが、その中で一人の女の子がシルヴィアに花束を渡してきた。

「前の国王様はまだ病気だって聞きました。これ、お見舞いのお花です。王妃様から届けていただけませんか？」

王妃に使いっ走りを頼むつもりかと、近くにいた侍女たちや護衛たちはぎょっとした顔をしたが、シルヴィアは笑顔で花束を受け取った。

「ありがとう。あなたの優しい心とともに前王陛下にお届けしますね」

すると女の子はぱぁっと笑顔になった。恐縮して何度も頭を下げる母親にも鷹揚にうなずいて、シルヴィアは素朴な花束を手にその場をあとにしたのだった。

王城に帰り着いたシルヴィアは、念のため花束に細工などがしていないかをチェックしてもらう。問題なしと認められたところで、彼女はさっそく立ち上がった。

「せっかくだからお花を前王陛下に届けてくるわ。寝室に飾るのは難しいかもしれないけれど、居間に置けば陛下付きの侍女たちの慰めにもなるでしょう」

「それがよろしいと思います」

付き添いはいいからと断って、シルヴィアは前王陛下の部屋までのんびり歩いて行く。少しでも見目よくなるようにと花を調えつつ歩いて行くと、前王陛下の部屋の前で何人かの女官が集まっているのが見えた。

前王陛下付きの侍女かと思い、声をかけようとしたシルヴィアだが、彼女たちが「陛下のご容態についてだけど……」とささやきだしたのを聞いて思わず足を止める。

とっさに柱の陰に入って身を潜めると、女官たちの心配そうな声が聞こえてきた。

「やはり今の薬を地道に使っていくしかないみたい。快復までかなり長い道のりになるそうよ」

「しかたないわ、毒を盛られていた期間が長かったもの。まさか服毒期間があんなに長かったなんて」

「陛下が倒れるまで誰も気づかなかったのも痛かったわよね……」

沈痛な女官たちの言葉に、シルヴィアは驚きのあまり花束を取り落としそうになる。

とっさに息を詰めて身を縮めたのと同時に、前王陛下の部屋から新たな女官があわてて出てきた。

「大変、お薬の瓶を落としちゃった。戸棚の下に入っちゃって取れないのよ」

それは大変、と廊下にいた女官たちもあわてて部屋に入っていく。パタン、と扉が閉まる音を聞いても、シルヴィアの心臓はどくどくと激しく鼓動を打っていた。

（……毒……毒ですって……⁉　前王陛下は病で倒れたのではなく、毒が原因で弱ったというの⁉）

いったいどうして、とシルヴィアは混乱する。毒を盛られるようなことを前王陛下がしていたとはとても思えない。なにが原因でそんなことになったのだろう？

陛下に毒を盛った者は捕まったのだろうか？　まさか、まだ野放しとか……？

――いや、ウィルフレッドがそれを許すはずがない。女官たちが毒のことを知っていたくらいだ。当然ウィルフレッドも仔細《しさい》は把握しているはず。

（わたしに知らせなかったのは……わたしが他国から嫁いだ人間だから、情報が漏れるのを警戒してのことかしら？）

そうだとしたら信頼されていないようで、なんとも心苦しい。だが知らされていたらいたで、今のように平静ではいられなかったはずだ。単に嫁いだばかりのシルヴィアを慮って黙っていた可能性もある。

いずれにせよ、知ってしまったからには無関心ではいられない。

侍女頭のマリエッタなら仔細を知っているだろうか？　あるいは女官長なら？　……いや、彼女たちも知っていながら口をつぐんでいる可能性もある。ウィルフレッドから黙っているように命令されている可能性もあるだろう。

（そう考えると、やはりウィルに直接尋ねるのが一番だけど……）

だが立ちすくんだままあれこれ考えていたせいか、反対側からやってきた女官に「王妃様、お加減が悪いのですか？」と心配されてしまった。

「え？　あ、ああ、ごめんなさい、大丈夫、ちょっと考え事をしていたの」

「左様でございますか。こちらにおいでということは前王陛下のお見舞いですか？」

「え、ええ。そんなところよ」

「それは前王陛下もお喜びでしょう。この頃はお目覚めになる時間もずいぶん長くなってきたんですよ」

女官はほくほくした嬉しそうな面持ちで、シルヴィアをさぁさぁと前王陛下の部屋へ招いてくれた。

「あら？　いつもは女官が誰か一人は駐在しているけど、今日はいないのかしら？」

不思議そうな女官の言葉に、そういえば、とシルヴィアは先ほどの会話を思い出した。

「なにかを落としたとあわてていた様子を見たわ。お薬だったかしら？」

「まぁ、本当でございますか？　あの薬は貴重なものだから丁寧に扱えとお医者様に言われているのに――」

ぎょっと目を見開いた女官は足を速めて、最奥の寝室へと行き着くが。

「えっ」

寝室の扉を開くなり、女官もシルヴィアも思わず絶句して立ちつくす。

国王の寝台の周りには三人の女官が倒れていた。いずれも廊下でうわさ話をしていた面子だ。

そして薬を落としたとあわてていた女官は――寝台に乗り上がって、前王陛下の首に両手をかけていた。

「ひ、ひっ――」

シルヴィアの隣にいた女官が声にならない悲鳴を上げる。

それを聞いた途端、寝台にいた女官は驚くべき速さで身を翻し、窓のほうへ逃げ出した。

「ま、待ちなさい……！」

シルヴィアはあわてて追いかけるが、恐ろしいことに女官の姿は影も形もない。そちらには扉もない上、窓を開けた形跡もないのだ。

あり得ない事態にゾッとしながらも、背後から大きく咳き込む声が聞こえて、シルヴィアはハッと振り返った。

「前王陛下！　ご無事でございますか⁉」

赤紫色の顔でぜいぜいと呼吸する前王陛下を見て、シルヴィアはひどく動揺しながらも、寝台脇にあった呼び鈴の紐を何度も引っ張り、扉の外に向けて叫んだ。

「誰か――！　控えの者はいないの⁉　医師は⁉　衛兵でもいい！　とにかく誰か早くきて……‼」

呼び鈴をけたたましく鳴らしたせいか、ほどなく扉から衛兵や女官が流れ込んできた。

「王妃様⁉　いったいなにが――」

「すぐにお医者様をお呼びして！　それと衛兵をもっと呼んで、前王陛下のお部屋に厳重な警備を敷いて！　女官に化けた不届き者が入り込んだの……‼」

「な、なんですと⁉」

――衝撃的な報せはすぐに国王にも届けられる。半時後、ウィルフレッドが血相を変えて前王陛下の部屋へ飛び込んできた。

「シルヴィア！　無事か⁉」

「あ、陛下――」

その瞬間、先日の言い合いと気まずい気持ちがよみがえったが、ウィルフレッドは構うことなくシルヴィアをぎゅっと抱きしめてきた。

「賊とはち合わせたと聞いたぞ。無事でよかった……！」

きつく抱きしめてくる彼の腕が震えているのに気づいて、シルヴィアはハッと息を呑んだ。

「し、心配かけてごめんなさい。わたしは大丈夫よ」

「も、申し訳ございません、陛下、王妃様。わたしが腰を抜かさなければ……！」

シルヴィアとともに寝室に入った女官は、賊を見た直後に腰を抜かしていた。今はショックが抜けたようで、シルヴィアを危険な目に遭わせた後悔から身を震わせて泣きじゃくっている。

「あなたのせいじゃないわ。まさか賊がいるなんて思わないじゃない。どうやって逃げたかもわからないし……」

するとウィルフレッドが「おそらくここからだ」と、寝台の向こうにある壁の一部を手のひらでぐっと押し込んだ。

すると壁がずれて、細い通路が露わになる。シルヴィアは仰天して、下方へ続く階段をのぞき込んだ。

「まぁ、こんな隠し階段が」

「有事の際に逃げられるように、この手の通路はいくらでもある。だがこれを知っている者はそう多くない。王族と、それに近しい者、そして彼らに仕える者の一部くらいなものだ」

ウィルフレッドは難しい顔で、なかなか泣き止《なや》まない女官に声をかけた。

「賊は女官の格好をしていたとのことだが、見覚えがある者だったたか？」

「も、申し訳ありません。扉からだと後ろ姿しか見えず、顔までは……」

「おそらく三十代から四十代くらいの女官だったと思うわ。わたしたちが入室する前、倒れていた女官たちと普通に会話していたから、新人ではないと思うの」

うつむいた女官に変わりシルヴィアが答える。ウィルフレッドは眉間に皺を寄せながらうなずいた。

「いずれにせよ、気を失って倒れていた女官たちが目覚めたら仔細を聞けるだろう。——怖い思いをさせたな、シルヴィア」

再びシルヴィアのことを抱きしめて、ウィルフレッドがいたわりを込めた声音でつぶやく。

シルヴィアはうなずきながら、ふと、今なら女官たちが話していたことは本当かと聞けるだろうかと考えた。

だが今は現場の検証や見張りのために衛兵が所狭しと集まっている最中だ。下手なことを言って彼らを動揺させたくない。

内容が内容だけに、またウィルフレッドの神経を逆撫《さかな》でするかもしれないし……と考えているうちに、彼のほうからシルヴィアを離した。

「あとは衛兵に任せよう。父上も警備がしやすい別室に移したし、医師の見立てでは心配ないとのことだったから——。本当に、あなたがすぐに発見してくれてよかった。怖い思いをさせたことは申し訳ないが……」

「わ、わたしのことは気にしないで。実害はなにもなかったし。前王陛下が無事でよかったわ」

本心からそう言ったのだが、ウィルフレッドの目にはもしかしたらシルヴィアが強がっているように見えたのかもしれない。

すまなかったな、とまた謝りながら、シルヴィアの頭を柔らかい手つきでなでてきた。

「——本来なら側にいてやりたいが、急ぎやらなければならないことが立て込んでいる。時間ができるまで、あなたにはさみしい思いをさせるかもしれない」

頬に手を当てながら言われて、シルヴィアはドキッとしながらうなずく。

「忙しくなるというのは聞いています。わたしも公務をはじめたから、それなりにあわただしく過ごしているの。だから気を遣っていただかなくて大丈夫よ」

「それはそれで、今度はこっちがさみしくなるな」

心配かけるまいと思っての言葉だったが、確かに聞きようによっては可愛くなく聞こえる突っぱね方だ。シルヴィアは途端にあわてるが、ウィルフレッドはほっとしたように彼女をまた抱きしめた。

「ウィル？」

「——この前のお茶の時間は悪かった。ファウストのことを持ち出されて、つい——頭に血が上った」

「頭に血が上る……？」

行方不明の彼が心配だと言っただけで、どうしてそうなるのか。

シルヴィアにはまったくわからないが、彼は「おれの未熟さゆえの話だ」とさらりと答えた。

「それと、今回の襲撃もそうだが……あなたには、いろいろ話せていないことがある」

迷いながらも思い切った様子で伝えてくるウィルフレッドに、シルヴィアはハッと息を呑んだ。

（もしかして、前王陛下に毒が盛られていたこと……？）

思わず探るような目を彼に向ける。ウィルフレッドは言葉ではなにも答えなかったが、シルヴィアの青い瞳から目をそらすこともしなかった。

「そういったことすべて、話せるときがきたら必ず話す。だから今は、もどかしいかもしれないが……おれを信じて、ただ待っていてほしい」

誠実な声音にはうそは見当たらない。代わりに懇願の色が強く見て取れた。

彼もいろいろと秘密にしないといけないことが多くて大変なのかもしれない。言えないことはもちろん、彼が自分をどう思っているかも知りたいシルヴィアだったが……。

「――わかったわ。あなたを信じて待っています」

いろいろな気持ちをいったん呑み込んで、シルヴィアはそう答えた。

「でも、いつかそのときがきたら、ちゃんとすべてを教えて。きちんと話してね」

するとウィルフレッドはほっとした面持ちで「もちろんだ」とうなずいた。

「――こういうことがあったあとだから、外出の際は護衛は多めにつけてくれ。公務をするなとは言わないが、場合によっては延期や中止も必要だ」

「そうね。わかりました。――あなたも気をつけてね」

理由はわからないが、病床にある先代国王を賊が狙ったというのは単純に恐ろしい話だ。王族全員が気をつけなければならないだろう。

ウィルフレッドは重々承知している様子で、真面目な顔でうなずいた。

「はっ！」

「誰か、王妃を部屋まで護衛していくように。わたしも執務室に戻る」

「そこの女官は事情聴取が終わったなら、もう休ませてやれ。ショックだっただろう。明日も休んでいい」

「あ、ありがとうございます……っ」

さめざめ泣き続けていた女官は、ウィルフレッドの恩情に深く頭を下げて謝意を示す。

（こういうさりげない優しさがウィルのいいところだわ）

シルヴィアも自然とそう思って、先に退室していく彼につい胸をときめかせる。

(彼がいろいろなことを話してくれたときには――わたしも、彼に対する思いを打ち明けられたらいいな)

その日がくることを待ち遠しく思いながら、シルヴィアも護衛とともに王妃の私室へ戻ったのだった。


やはり外出を伴う公務は危ないということで、シルヴィアはその後三日ほどは王城でおとなしくしていた。

幸いなことに物騒な出来事はなにも起きずに平和な日々だった。ウィルフレッドは城中の隠し通路に衛兵を置いて、普段は寄りつかない物置なども徹底的に捜索させて、賊が入り込める余地をなくしたという。

ただ本人はこの頃は外出することが多く、贈り物を届けにきた侍従も「陛下は今日もお出かけですよ」とあきれたようにつぶやいていた。

「前王陛下にあんなことがあっただけに、我々としては陛下も安全なところにいて、おとなしく守られていてほしいのですが」

「あんまり守られるって感じではないものね……」

「どちらかというとみずから囮《おとり》になって相手をおびき寄せ、その場で返り討ちにしてやるタイプですから」

「目に浮かぶわ」

はぁ～と肩を落とす侍従がおもしろくて、シルヴィアは悪いと思いつつ笑ってしまった。

「今日の贈り物はこちらのアンズです。特産地から今年はじめて献上されたものだそうで。王妃様の好きに召し上がってくれとのことでした」

「まぁ、ありがとう。籠いっぱいに入っているわね」

一抱えもある籠の中にはオレンジ色のアンズが山盛りになっていた。手のひらで包めるほどの実を手に取りつつ、ケーキを作ろうかしらとシルヴィアはうきうきする。

（ウィルフレッドが不在でなければ、これで今日のお茶菓子を作るところね）

残念ながらしばらくそれは叶いそうにない。いつか一緒に食べるとき用に、半分は保存が利くジャムにするのがいいだろうか。

そんなことを考えつつ籠を侍女たちに預けると、退室した侍従と入れ替わりに、王妃宛の手紙を女官が運んできた。

「明日、視察が予定されていた孤児院の院長からです。お誕生日の子がいるので、王妃様には是非お祝いに参加していただきたいという内容ですわ」

「まぁ、それは確かにうかがいたいわね。でも外出しても大丈夫かしら？」

「孤児院は街外れの森の入り口にありますものね……。移動は王都の主要な道を通ることになるので、大丈夫かとは思いますが」

「一応、陛下に確認を取りましょう」

と言ったところで、ウィルフレッドが今、王城にいるかもわからない。

夜になっても許可するという返事がなければ、明日の朝一で行けない旨を孤児院に早馬で伝えようという話になったのだが。

「陛下付きの侍従に確認したところ、お出かけしても大丈夫とのことでした。ただし馬車は目立たないものを使うこと、護衛も最低限でとのことです」

国王の執務室へ許可を取りに行った侍女が言った言葉に、シルヴィアもほかの侍女たちも「え？」という顔になった。

「馬車はとにかく、護衛が最低限でというのはどういうこと？」

むしろあんな事件があったあとだから、護衛はいつもの倍連れて行けと言われたなら不自然ではないが。

「質素な馬車で行くにもかかわらず護衛を大勢引きつれていては、要人が乗っていると逆に周囲に知らせるようなものだから危ない、と国王付きの侍従は言っていました」

許可を取ってきた侍女もどこか不思議そうにしながらそう続けた。

「ああ、まぁ、なるほどね……言われてみればその通りかもしれないけれど」

シルヴィアの言葉に侍女たちものろのろとうなずいた。

「王都の大きな道を行くのなら、さほど危険はないでしょうし」

「明るいうちに行って帰ってくるのなら大丈夫でしょうか」

全員がどことなく不安を抱えつつ、けれどウィルフレッドがそう許可したなら、という面持ちでうなずき合った。

そういうわけで、翌日は予定通り朝食を食べてすぐに出発することになった。いつも公務で出かけるときは、王族専用のきらびやかで窓も大きく取ってある馬車に乗るが、今日は黒塗りの地味な箱馬車が用意されている。

「王妃様が乗る馬車とは思えませんわ」

とお付きの若い侍女はぷりぷり怒っていたが、シルヴィアとしてはこのほうが気楽だ。

いつもの馬車は窓が大きいぶん、どこを走っていても外から中が見えてしまうので、ずっと民衆に向けて手を振っていないといけなかったから。

（それも大事な務めの一つだけれど、ずっと笑顔で手を振るのってそれなりに疲れるのよ

ね……。この馬車なら疲れたときでも気兼ねなくうとうとできるから楽かも）

そんな不謹慎なことを考えつつ、同乗した二人の侍女とおしゃべりしながらシルヴィアは孤児院への道をたどった。

「──ようこそおいでくださいました、王妃様」

孤児院では院長をはじめとする職員たちと、孤児たちがきれいに整列してシルヴィアを待っていた。

シルヴィアは軽やかに馬車を降りて院長に挨拶し、今日が誕生日だという子をハグして、手作りのハンカチをプレゼントした。

「今日はみんなにもお土産を持ってきたの。アンズを練り込んだケーキよ。おやつの時間に食べてね」

ケーキ！　とたちまち笑顔になる子供たちにシルヴィアも笑顔を返して、職員たちに促されるまま孤児院の建物へと入っていく。

「では王妃様、我々は建物の入り口と門、それと裏門のほうにおりますので」

「ええ、お願いね」

シルヴィアの笑顔に護衛隊長は敬礼を返し、自分も含め四人の護衛をそれぞれの位置に配置した。

「さ、まずは建物を回らせてちょうだい」

「かしこまりました。どうぞ」

どこか緊張気味な院長の案内で、シルヴィアと侍女たちは手早く敷地内を巡った。

国が運営する孤児院だからか、それなりに清潔に整えられていたが、場所によっては雨漏りしたり、農作業の道具は古くてすぐに壊れたりと大変であるようだ。子供たちの衣服も基本は古着ということで、下着だけでも新しいものがあればとのことだった。

一通り見終わったあとは子供たちと食堂に集まってケーキを食べる。彼らと話したり、鬼ごっこや手遊びで遊んでいると、あっという間に時間は過ぎていった。

そうして視察の終了予定時間になる頃、シルヴィアは二人の侍女が青い顔をして腹部を押さえているのに気がついた。

「二人とも、どうしたの？　ひどい顔色だわ」

「お、王妃様、本当にすいません。なんだかお腹の調子が悪くて……」

「わたしも……なんだか吐き気もありまして……」

シルヴィアは「それは大変」とあわてて立ち上がった。

「院長様、申し訳ないのですが侍女たちにお手洗いを貸していただけますか？」

「わかりました。どうぞこちらへ」

院長はすぐに侍女たちを案内していく。

院長をはじめとする職員たちは、最初からどことなく硬い面持ちだ。今も頬のあたりを引き攣らせながら移動していった。

（そんなに緊張することはないのだけれど……。それにしても侍女たち、大丈夫かしら？）

先ほどのケーキにあたってしまったのだろうか？　だがそれならケーキを口にした全員が不調を訴えるはずだ。となると、彼女たちの朝食になにか悪いものでも入っていたのだろうか？

（そうだとしたら、王城の侍女たちの体調も心配ね。視察も昼までの予定だったし、侍女たちが戻ってきたら帰りましょう）

だが侍女たちはなかなか手洗いから帰ってこない上、シルヴィアも子供たちに懐かれて「まだ帰っちゃだめ～！」と言われてしまう。

小さい身体でぎゅっと抱きつかれるとシルヴィアもついキュンとして、「じゃあ、もうちょっとだけね」とついつい甘やかしてしまった。

とはいえあまり遅いと王城で待っている人間が心配する。シルヴィアは職員に頼んで、馬車の御者にいったん王城に戻るように伝えてもらった。

「そして一時間後にまた馬車で迎えにくるようにと伝えてちょうだい。――というわけで、みんな、遊べるのは新しい馬車が迎えにくるまでね」

子供たちの素直な「はーい」と不満の「えー」が同時に響くのをほほ笑ましく思いつつ、シルヴィアはギクシャクした動きで職員が出て行くのを見送ってから再び子供たちと遊びはじめた。

そうして少しした頃、職員が思いきった様子で「王妃様」と声をかけてくる。

「なにかしら？」

「あの……は、畑のほうを見ていただけませんか？　実は、子供たちが植えた花がきれいに咲いたのですが、う、売り物になるのかを判断していただきたくて」

「まぁ……売り物になるかどうかは、さすがにわたしには判断がつきかねるけれど」

「お、王妃様の目から見たら貧相なものでも、『王妃様が見てくださった』というだけで、商品としての箔《はく》がつきますから」

それは確かにそうだ。専門家のお墨付きや売り物としての規格を守ることより、『王妃様が見てきれいだとおっしゃった』という事実のほうが、買い手の心に響くことはままある。

もしそれなりに咲いているようなら庭師を派遣して、売り物になるかを見てもらえばいいわと思って、シルヴィアは立ち上がった。

「王妃様、行っちゃうの～？」

「みんなが育てたお花を観に行くのよ」

「あ、それならおれたちも行く！」

子供たちが元気よく飛びついてくるが。

「あなたたちは駄目！　お部屋にいなさい！」

院長が厳しい声で叱りつけたので、子供たちはもちろんシルヴィアもひどく驚いた。

「まぁ、院長、そんなに声を荒らげて怒ることではないわ。ねぇ？」

「う、うん……」

「も、申し訳ございません……。でも、あなたたちは駄目。王妃様と大人たちで話したいの。だからここで待っていなさい」

院長のどことなく緊迫した声に押されて、子供たちは不安と不満を顔に出しつつ引き下がった。

シルヴィアも不可解に思ったが、院長も職員たちもどこか思い詰めた顔をしているのに気づき、ピンとくる。

（もしかしたらこちらの運営のことで、子供たちの耳には入れたくない話をしたいのかもしれないわ）

花を見てほしいというのは建前で、本当はそちらが目的なのかも。運営のことや資金のことなどは、年長の者だと気にしてしまうこともあるだろうし、それなら大人だけで話したいというのもよくわかる。

（ただそれにしては、院長たちの顔色が悪すぎないかしら……？）

それだけが不思議だと思いながら、シルヴィアは不満そうな顔の子供たちをなだめて、院長たちについて屋外へと出た。

「畑は建物の裏にあるのね？」

歩きがてらシルヴィアは確認するが院長たちはなにも言わない。

やがて外へ出て、例の花畑とおぼしき一角が目に入った。

「あら、確かに上手く咲いているわ。これなら売り物になるのではないかしら」

あえて明るい声を出しながらそう話しかけるが、院長たちは答えない。彼女たちはきょろきょろと周りを気にしたあと、顔を見合わせて一つうなずき合った。

明らかに不自然な仕草にシルヴィアも身構える。

「先ほどからみんなでひどく思い詰めた顔をしているけれど、なにかあったの？」

すると院長はごくりと唾を呑み込んだのち……予想外の言葉をつぶやいた。

「この孤児院は……ファウスト王太子殿下が熱心に支援してくださっていた施設なので

す」

「えっ、ファウスト様が？」

思いがけない名前を聞いて、シルヴィアは目を見開いた。

「そ……う、だったのね」

「はい。あの方はほかにも病院や救貧院にもたくさんの寄付をなさっておいででした。病弱な自分は弱い者の気持ちがわかるから、とおっしゃって」

「……そうね。お優しい方だったから、きっとそうおっしゃるでしょう」

シルヴィアがファウストと最後に顔を合わせたのは五年以上前になる。そのときに限らず、ファウストは常に穏やかな空気を纏《まと》っていて、誰に対しても親切だった。

『僕は病弱で、誰かの手を借りないと生きていくのが大変だからね。誰に対しても常に感謝の気持ちを忘れずにいたいんだ』

そう柔らかな口調で語っていたことを、シルヴィアも鮮明に覚えている。

だから彼がそういった施設に寄付していたことは特段驚くことではないし、いかにも彼らしいと思うのだが……。

「でも、それとわたしを呼び出したことがどう関係しているの？」

院長たちはまたお互いをチラリと見合って、ごくりと唾を呑み込む。だが次のときには覚悟を決めたような顔をして、キッと鋭い視線をシルヴィアに向けてきた。

「王妃様はもとはファウスト様とご結婚なさる予定でしたでしょう？　それなのに、病弱なファウスト様の将来のお世話をしたくないからと言って、ウィルフレッド陛下と組んでファウスト様を地方へ追いやった。違いますか……⁉」

「は……⁉」

完全に予想外のことを言われて、シルヴィアは目を丸くして息を呑んだ。

「な、にを言っているの？　ファウスト様は、その……別の理由で王城を去られて……」

侍女と駆け落ちしたという話はおそらく王城内の者しか知らないはずだから、シルヴィアはつい言葉を濁してしまう。

だが目を泳がせたその様子が、ますます院長たちの不審を買ったらしい。

「ええ、知っております。あなたとウィルフレッド様が共謀して、ファウスト様を追いやったのでしょう⁉　いくら病弱とはいえ、とても賢く優しい方であるファウスト様をよくも……！」

「だから、誤解よ！　わたしはこちらに嫁いだその日に結婚相手が変更になることを知らされたのよ？　ウィルフレッド様とだって、そのときが初対面のようなものだったわ」

「そう口裏を合わせるよう言われているのでしょう？　こちらはなにがあったのか、すべて知っているのですから！」

院長の声に合わせて職員たちも「そうです、そうです！」「ファウスト様を追いやるなんてひどいわ！」ときつい声音で罵ってくる。

シルヴィアは混乱しつつも、落ち着け、と自分自身に言い聞かせて深呼吸した。

「――では、あなた方は誰からその話を聞いたの？　仮にわたしとウィルフレッド陛下がファウスト様を追いやったというなら、その証拠は？　まさかなんの根拠もなしにそんなことを言っているわけではないわよね？」

「それは」

シルヴィアの低い声に院長たちはやや気圧された様子でわずかにあとずさった。

「しょ、証拠もなにも、ファウスト様に一番近い方がそう教えてくださったのですから、それが間違いなんてことは――」

「ファウスト様に一番近い方？」

シルヴィアはハッと、彼と駆け落ちしたという侍女を思い出す。彼女が院長たちに偽りを吹きこんだのだろうか？

だがそれを確かめる術はなかった。突如「しゃべりすぎだ」という低い声が聞こえて、森のほうからざっと何人かが姿を現した。

「……っ」

森に紛れるような茶色と黒色の衣服に、顔をフードや布で隠した男たちが三人、院長とシルヴィアのあいだに割って入ってくる。腰に剣も下げていて、雰囲気からしてあやしい者たちだ。

「な、なんですか、あなたたちは――」

「黙れ」

「うっ」

一人がまばたきする間に近寄ってきて、シルヴィアの喉に短剣を当てる。ギラつく刃物に青くなると、院長たちも驚いた様子で目を見開いた。

「な、なにをするのですか！　あなた方は王妃様をファウスト様のもとへお連れするために待機していたはずでしょう⁉　それを――」

「おい、こいつらも黙らせておけ」

シルヴィアに剣を向けている男が残りの二人に指示する。二人は返事をするより早く院長たちの首に手刀を叩き込んだ。

「院長！」

気を失って畑に倒れる院長を前に、シルヴィアは悲鳴を上げる。だが駆け寄るより先に男に羽交い締めにされ、あっという間に後ろ手に縛られ猿ぐつわを噛《か》まされた。

「う、うぅ……！」

「悪く思うなよ。さる方からのご命令なんだ。あんたを今からその方のところに運ぶ」

「うぅ！」

ひょいっと小麦袋のように担がれて、シルヴィアは足をばたつかせてなんとか逃れようとする。

男はシルヴィアのスカートを摑むと、力任せに引きちぎった。

「あんまり暴れるなら裸にひん剝くぞ。そうすれば簡単に逃げられまい？」

「……っ」

裾から太腿部分まで深く切れ目が入ったスカートを目にして、シルヴィアは青くなる。

彼女がおとなしくなると、男たちは手慣れた動きで森に入り、木々に隠れるように止めていた荷馬車に彼女を放り込んだ。

「飛ばすぞ。その状態で飛び降りたら、下手すれば頭を打って即死だろう。おとなしくしていることだな」

「……」

親切なのかなんなのか、御者台に座った男がそんなふうに言ってくる。シルヴィアは不本意ながらも縮こまっているしかなかった。

男の言ったとおりに馬車は森を出るなり全速力で走り出す。シルヴィアと同じく荷台に腰を下ろした男の一人が、彼女に布をかぶせて外の景色が見えないようにしてしまった。

荷馬車の床には藁《わら》が敷かれていたから、多少馬車が揺れても痛い思いをすることはなかったが、縛られた状態で草まみれになるのは嬉しくない。草の匂いで鼻が満たされて、なんとなく漂う空気でここがどこかを感じることもできなくなる。

（王都から離れていくのは間違いないと思うけれど……）

馬車の揺れ具合からそう想像するが、どの方向に向かっているかもわからない。シルヴィアはギリッと奥歯を嚙《か》み締《し》めた。

（もしかしたら侍女たちがお手洗いから帰ってこないのも、この男たちになにかされたかもしれない……！　馬車を王城に帰さなければよかったわ。いや……返さなくても、きっと御者もこいつらにやられてしまったでしょうね）

護衛をあらかじめ減らされたのも、きっとシルヴィアを誘拐することが最初から決められていたからだ。そうなると護衛を減らせと指示した侍従も、ウィルフレッドとは別の人間から指示を受けていた可能性がある。あるいは侍従本人が裏切り者なのか……。

（護衛たちも無事かしら？　この男たち、かなり冷静だし、こういうことに手慣れている

から……太刀打ちできなかったかもしれないわ）

となると……馬車の御者が戻ってきたとき、シルヴィアがいない上に孤児院にいる大人全員が伸ばされているのを見て、異変が起きたことを察してもらうしかない。

（この男たちが誰の命令でこんなことをしているかも気になる……）

おそらく頭であろう男は「さる方のもとへ運ぶ」と言っていた。一方の院長たちはシルヴィアをファウストのもとへ連れていくのではないかと言っていた。

（男たちの言う『さる方』というのがファウスト様なの？　でも彼がこんなやり方を許可するとは……）

だが院長たちは『ファウストはウィルフレッドとシルヴィアに不当に追いやられた』と思い込んでいたし……。

（いったい誰が黒幕なの？　先日の前王陛下への襲撃とも関係があるの？　……あるのでしょうけどね、きっとね！）

半ばやけくそに結論づけたのは、荷馬車が大きく揺れたせいで、腰を脇の荷箱にしたたかに打ちつけてしまったためだ。痛いし藁は顔にかかるし、さんざんである。

（ウィルフレッド……）

彼は今どこにいるのか。王城にいたなら報せを聞くのも早いだろうが、視察に出ているなら厄介だ。場合によってはシルヴィアと逆方向に滞在している可能性もある。

シルヴィアの誘拐を聞けば王城の誰かが捜索の兵を出してくれるとは思うが、それまで自分が無事でいられるかどうかがわからない。

（なんとか助かる方法を探さなければ。逃げることはもちろん、時間を稼ぐ必要もあるかも。いずれにせよ怖がって震えている場合ではないわ。気を強く持つのよ、シルヴィア！）

ガタガタ揺れる荷馬車に転がりながら、シルヴィアはともすれば震えそうになる自分をそう叱咤《しった》して、なんとか平静を保とうとするのだった。

＊　　＊

そうしてどれくらい走ったのか。さらわれたときは昼に近い時間だったと思うが、いつの間にか夕日が空を照らしている。

「ほら、出てこい。水を飲めるか」

ようやく止まった荷馬車から、シルヴィアは男たちに引きずり出されるように下車する。

ずっと揺れていたからか、まだ地面がぐらぐら揺られている気がして上手く立てない。

男はシルヴィアの口から猿ぐつわを外すと、水筒を押しつけてきた。

「い、らない。なにが入っているかわからないもの」

かなり喉が渇いていたが、シルヴィアは気丈に突っぱねる。男は「へぇ」と少しおもしろそうに笑って、水筒の水をこれ見よがしにごくごくと飲んだ。

「あいにくと美味い水が入っていたんだがな。まぁいい。さぁ、こっちへくるんだ」

シルヴィアの後ろ手をしっかり握って、男は目の前の小屋へと歩き出す。粗末な扉を乱暴に蹴り開けると、彼はシルヴィアの背を軽く押した。

まだ足に力が入らないシルヴィアはたたらを踏んで転んでしまう。だが床にはそこそこ柔らかい絨毯《じゅうたん》が敷いてあり、さほど痛い思いをすることはなかった。

「お望み通り、王妃様を連れてきたぜ。さっさと金を寄越《よこ》しな」

男がちょいちょいと手を動かして、部屋の奥にいる者に催促する。

部屋の奥の椅子にちょこんと腰かけていた者は「ふん、ならず者風情が偉そうに」とブツブツつぶやきながら、金が入っているとおぼしき革袋を男に渡した。

「誰かがこないか外で見張っていなさいよ！」

「いやだね。依頼は王妃様をお連れすることのみだからな。じゃあな」

男は革袋の中身を確かめると、二人の部下を連れてあっという間に出て行ってしまう。

シルヴィアはちらっと今なら逃げられるかもと思うが「妙なことを考えるんじゃないよ」とくぎを刺されて、しぶしぶ前を向いた。

「――あなたはいったいどなた？」

縛られた状態ながらなるべく背筋を伸ばして、シルヴィアは自分をここにさらうよう命じたとおぼしき人物と対峙《たいじ》する。

どんな人間か……もしやファウストか？　と思っていたが、シルヴィアの目の前にいるのは、彼女よりずいぶん小柄な女だった。

シルヴィアの母や侍女頭マリエッタよりは年上の老女に見える。だが眼窩《がんか》は落ちくぼんで、ひっつめてある髪もまばらで病人のようにも見えた。着ているものはそれなりなのに、腰が少し曲がっているのも相まって、あまり品のいい雰囲気は感じられない。

「わたしのことなんてどうだっていいんだよ、フィオリーナの王女様。こちらの質問にだけ答えな。ファウスト様はどこにいらっしゃる？」

ジャキ、とそれなりに厚みのあるナイフを向けながら言われて、シルヴィアはごくりと唾を呑み込んだ。

「知らないわ。というより、わたしが知りたいくらいよ。わたしはファウスト様は侍女と駆け落ちしたとしか聞いていない」

するると、老女は怒りとさげすみが混ざったような笑い声を漏らした。

「駆け落ち！　よりによって駆け落ちなどと言ったのか、あのウィルフレッドは！　ファウスト様から王位を奪った盗人《ぬすびと》め！」

老女の瞳が一気に憎しみと恨みに燃え上がる。唾を飛ばしながら盗人と吠《ほ》える老女に、シルヴィアは緊張感を募らせた。

「あなたはいったい誰なの？　というより、ファウスト様のなんなの？　あの方を見つけてどうするつもり？」

すると老女はニィッと暗い笑みを浮かべる。薄く開いたくちびるのあいだから歯が何本か抜けているのが見えた。

「ファウスト様こそ、この国の王になるべきお人だよ。なにせこのわたしが乳を含ませ、大切に大切にお育て申し上げた方なのだから」

「えっ、ということは――あなたはファウスト様の乳母？」

落ちぶれた、と言ってもおかしくない今の様子からは想像できない正体だ。王子の乳母は貴族の奥方が選ばれるのが普通だし、その後の養育に携われるよう、賢く品のいい、だが控えめな女性が選ばれるのが一般的なのだ。

それがこんなに老いさらばえて、王妃にナイフを向けてくるようになるなんて。

信じられない……という目で思わず見てしまったのがいけなかったのか、老女は目をつり上げると口角に泡を飛ばして怒鳴ってきた。

「ファウスト様こそ神に愛された天才なのだ！　あの方は学者も敵《かな》わぬほどの優秀な頭脳と、弱き者にも慈愛の目を向ける優しい心をお持ちだった！　間違いなく国王となる器なのに、病弱という一点だけで、あの愚王はファウスト様を廃嫡しようとした‼」

あの愚王――というのは伏せっている前王陛下のことだろう。老女の剣幕《けんまく》に気圧されそうになりつつ、シルヴィアは努めて冷静に質問を重ねる。

「前王陛下がファウスト様を廃嫡しようとされた？　そう主張する根拠は？」

「根拠もなにも！　あの愚王がファウスト様のお部屋にやってきてそう告げたのだよ！　乳母のわたしもいる目の前でね！」

そのときのことを思い出したのか、老女の目から涙がどっと滝のごとくあふれ出した。

「ファウスト様の優秀さ、聡明《そうめい》さを知ってなお『国王の務めは重すぎる』と、ご本人に堂々と言うなんて……！　おまけにファウスト様と違い、健康しか取り柄のないウィルフレッドを跡継ぎに決めると言うなんて！　長子を差し置いて次子が王位を継ぐなどあり得ない！　あってはならないことだ！」

さめざめと泣いていた老女はまた目をつり上げて憤怒の面持ちになり、憎しみを込めて床をドスドスと踏みしめた。

「わたしは何度も直談判《じかだんぱん》したんだ！　王位にふさわしいのはファウスト様だと！　それなのにあの愚王は聞きもしない、終《しま》いにはわたしに面会禁止を言い渡して……！　ああ、なんておかわいそうなファウスト様。『しかたないことだ』と笑っておられたが、内心では父王と弟王子に対する憎しみの気持ちでいっぱいだっただろうに……！」

　地団駄を踏んだり天を仰いでさめざめと泣いたり、老女の言動は忙しい。シルヴィアはじわじわと扉に近づきながら、移動に気づかれないよう質問を続ける。

「あなたはファウスト様を愛し……ほとんど崇拝していたようね。そんなひとが、今ファウスト様がどちらにいらっしゃるか知らないというの？」

「ああ、ああ、その通りだよ。これもそれもすべて愚王とウィルフレッドのせい……！」

　老女はギッとシルヴィアをにらみつける。そして彼女が今にも扉から出ていきそうだと気づくと、くわっと目を見開いて足元のスツールを摑《つか》み上《あ》げた。

「どこに行くんだ、このあばずれめ！」

　どこにそんな力があったのか、スツールを持ち上げた老女はシルヴィアの頭めがけてそれを投げつけてきた。

「きゃあ！」

シルヴィアは間一髪で避けるが、バランスを崩して尻もちをつく。

倒れ込むシルヴィアに、老女は叫びながら馬乗りになってきた。

「おまえもファウスト様を追いやった一人だろう、フィオリーナの王女め！　こちらに嫁ぐ前から愚王とウィルフレッドと結託して、ファウスト様を貶《おとし》めたのだろうがッ！」

必死に起き上がろうとするシルヴィアの首を、老女は両手で締め上げてくる。

「ぐ、ぁ……！」

「ファウスト様の婚約者でありながら、よりによってウィルフレッドに足を開いたあばずれめ！　しかもすでにウィルフレッドと懇ろだと？　あの男の子を孕《はら》む前に始末してくれる……！」

正気とは思えない血走った目で、老女は容赦なく両手に力を込めてきた。

「許さない、ファウスト様を追いやろうとする者はすべてこのわたしが殺してやる……！　わたしが育てた、わたしが育て上げた最高級の王太子ファウスト様……！　あの方を王位に就けるために、わたしがどれほど……‼」

ギリギリと締め上げられ、酸欠に陥ったシルヴィアは頭が真っ白になっていく。まさかこのまま絞め殺されるのかと本気で身体が凍りついたときだ。

ドガッ！　バキィ！　となにかが壊れる音が響いて、次いでドォンと大きな音が聞こえてきた。

首を絞める力が緩むのとほぼ同時に、身体に乗っかっていた老女の重みがなくなって、すうっと息を吸ったシルヴィアは激しく咳き込んでしまう。

咳き込むあまり嘔吐《えず》いてしまい、苦しさのあまりぽろぽろと涙をこぼしているあいだも、背後では「捕らえろ！」「縄を！」という怒号と足音、悲鳴が飛び交っていた。

「すぐに猿ぐつわを噛ませろ！」

うるさい中でも、倒れそうなシルヴィアを抱えて背中をさすってくれる誰かがそう叫んでいたのはよく聞こえた。

はぁはぁと肩を上下させながらようやく顔を上げたシルヴィアは、自分の背をさするウィルフレッドが「大丈夫か？」とこちらをのぞき込んできた瞬間、涙腺が決壊するのを感じた。

「ウィル……っ、う、うぅ～……！」

「怖かったな。すまない、助けにくるのが遅れた」

ボロボロと泣き出したシルヴィアをしっかり抱きしめて、ウィルフレッドが悔恨の滲む声音でつぶやく。

シルヴィアが泣きながら首を左右に振るあいだ、締め上げられた老女が兵士に引っ立て

られていく気配がした。

「んぅ！　ぐぅ、う――ッ‼」

「うるさいぞ、もはや害にしかならない悪女め。さっさと連れて行け！」

老女はどこにそんな力があるのかと目を瞠りたくなる勢いで大暴れして、結局兵士三人がかりで抱えられて退室していった。

「よく……ここがわかって……げほっ」

「ああ、しゃべらなくていい。すぐに王城に戻って医者に診てもらおう。もう大丈夫だ」

長く馬車に揺られていた上、昏倒《こんとう》寸前まで首を絞められたおかげか、無事に呼吸が戻っても頭がくらくらした感じが抜けない。

手首の戒めを取られたのを合図に気力の糸もぷっつり切れて、シルヴィアはふーっと意識が遠くなるのを感じた。

ウィルフレッドがあせった様子で何度も名前を呼んでくる。

大丈夫よと言いたかったが、疲れ切った身体は限界を迎えて、シルヴィアはがっくりと気を失った。

第五章　愛は幸せを呼ぶ

目を覚ましたときには、シルヴィアは王城の王妃の私室に寝かされていた。

つきっきりで看病していた侍女たちはシルヴィアが目覚めるなり涙を流して喜び、大急ぎで医師とウィルフレッドを呼びに行く。

あいにくウィルフレッドは取り込み中とのことで、シルヴィアは先に医師の診察を受けた。

「しばらく首には湿布を当ててお過ごしください。大きな声も出されませんように。ほかに軽い打撲と擦過傷がありますが、いずれも治療済みです。安静にされてください」

「ありがとう」

医師の診察と手当てが無事に終わり、シルヴィアは給仕が運んできたミルク粥《がゆ》に手をつける。

今はシルヴィアが攫われて、ちょうど丸一日が経った時間らしい。身体は間違いなく空腹のはずだが、粥《かゆ》の半分も飲み込むことができなかった。

「それだけ心身の負担が大きかったということでしょう。当然ですわ。本当にご無事でよかったです」

侍女頭のマリエッタだけでなく、いつも厳しい女官長まで「その通りです」とうなずいていたから、ここに運び込まれたときの自分の憔悴《しょうすい》ぶりはかなりのものだったのだろう。

「ごめんなさいね、心配をかけて」

「王妃様のせいではございませんよ！　護衛たちも数は少なかったとはいえ王妃様にちゃんとついていたのに、まんまとしてやられるなんて。まったく！」

「そういえば護衛たちは無事？　侍女たちは？」

ハッと思い出して青くなるシルヴィアに「全員無事ですよ」とマリエッタが取りなした。

「護衛たちは眠り薬を嗅がされていたので、事が終わってからようやく起きた感じでしたが。侍女たちの腹下しは院長の仕業だそうです。院長本人がそう自供して、今は王城の取り締まり室にて勾留されております」

「院長が……」

自分をさらった男たちの仕業かと思ったが、どうやらそちらは違ったらしい。

「詳しくは陛下がお話になるかと思いますが……あ、陛下！」

寝室の扉がノックもなしにガチャリと開いて、侍女たちがたちまち色めき立つ。

マリエッタが「ノックくらいしてくださいませ！」と眉をつり上げる中、扉をこじ開けたウィルフレッドはシルヴィアのもとへまっすぐ走り寄った。

「シルヴィア、よかった。意識が戻ったんだな……」

ほっとした様子で相好を崩す彼の肩は激しく上下して、額からは汗が滴っている。それなりの距離を全力疾走してきたとおぼしき様子に、シルヴィアは目を丸くした。

「いったいどこから走ってきたの？」

「地下牢《ちかろう》だ。一番下層の地下三階から」

「え。地下牢があるのって、確か馬場の向こうでしたよね……？」

馬場までもかなりの距離があるのに、さらに遠いところから走ってきたなら、そりゃあ息も切れるだろう。外を回ってきたなら馬を使ってもいいほどの距離だ。

「早く顔を見たかったからな」

しみじみとした口調で言われ、シルヴィアはぽっと頬を赤らめた。

その様子を見て、マリエッタと女官長が揃《そろ》って「さぁさぁ」と寝室に集まっていた侍女たちを外へ連れ出していく。扉が外から閉められると、寝室にはウィルフレッドと二人だけになった。

完全な二人きりは喧嘩になってしまったあのとき以来だったので、シルヴィアはなにを話したらいいかと迷ってしまうが……。

「すまなかった」

とウィルフレッドのほうから頭を下げてきた。

「あ、あなたが謝ることはなにもないでしょう？」

「いや、こういう事態になるなら、あなたに先にすべてを話しておけばよかったと心から後悔したんだ。異国に嫁いだあなたにこれ以上の負担をかけたくないと、すべてにケリがついたあとに話そうとしていたのが、こんなふうに裏目に出るとは」

ウィルフレッドは後悔のためかふーっと長くため息をつく。あまりに落ち込んでいる様子に、シルヴィアは驚いた。

「それは、ええと、あなたがこの前『いつか必ず話すから待っていてほしい』と言っていたことと関係があるの？」

「ある。むしろ今回のことがまさにそれなんだ。どこから話せばいいものか」

困ったように後ろ髪を掻く彼を見て、シルヴィアは思い切って自分が知りたいことを質問した。

「ファウスト様が侍女と駆け落ちしたのはうそなの？　ファウスト様が今どこにいるか、

あなたは知っているのね？」

前回は怒らせるだけに終わった質問だが、今回はウィルフレッドも「知っている」と、もったいぶらずにうなずいてくれた。

「と、いうより、おれが兄上を保護していると言ったほうがいいか。兄上は今、南の保養地の少し外れたところで、信頼の置ける者たちとともに静かに療養中だ」

「ご無事なのね？　お元気なの？」

「無事だ。まぁ、元気かというと、もともと病弱なひとだからなんとも言えないが、今すぐ命が危ういということはない」

「ああ、よかった……！」

シルヴィアは心からほっとして、胸を大きくなで下ろした。

「あなたをさらったあの女は、兄上の乳母だ。兄上のことを盲目的に愛しているというか……病的に崇拝しているというか、とにかくそういう女で」

「そんな雰囲気だったわね」

最終的に首を絞められたことを思い出し、シルヴィアは思わず口をへの字に曲げた。

「その乳母は前王陛下がファウスト様の廃嫡を決めたことで、前王陛下と新たに世継ぎとなったあなたをひどく恨んでいるようだったわ」

「おれに関しては恨むなんてもんじゃないさ。あの女からは何度も暗殺されかけてる」

「暗さっ……⁉」

穏やかではない言葉にシルヴィアは大きな声を出してしまい、あえなく咳き込んだ。

「大丈夫か？　まだ大声は出すなよ」

「そうは、言っても……げほっ……落ち着いていられないわよ！　暗殺って、だ、大丈夫だったの⁉」

「この通りピンピンしている。見ればわかるだろう？」

「ああ、まぁ……それは、ね」

あの老女がウィルフレッドを「健康なだけで！」と罵っていたことを思い出し、なんとも言えない気持ちになる。

老女がどういう暗殺を彼に仕掛けたかは知らないが、本人がこれだけピンピンしているのだ。おそらくなにも効果がなかったのであろう。

「あの乳母だけではなく、ファウストを王位に就けたい連中からは似たようないやがらせは日常的に受けていた。おれ自身は兄上を王位から引きずり下ろそうなんて欠片も考えていなかったし、むしろ病弱な兄上を助けるために、その手の回らないところを引き受けようと考えていたくらいだ」

「もしかして、軍人になったのもそのためなの？」

「そうだ。国王は国軍の最高司令官でもある。おれがそこだけは肩代わりできればと思ったものでな」

もっともファウストを支持する者たちからは『病弱な兄上を馬鹿にしている』とか『力で兄を従わせる気ではないか？』とか、穿った見方しかされなかったらしいが。

「外野は好き勝手言うものさ。兄上はおれの考えも気持ちもしっかり理解してくれたから、それだけでいいとも思っていたし」

「あなたとファウスト様は……仲のいい兄弟、なのよね？　あなた、子供の頃はファウスト様にくっついて、フィオリーナにも何度かきていたじゃない」

「あ、あれは……その、うん、まぁ、そうだな。国外に出て視野を広げるのも大切と父に言われたせいでもあるが……」

なぜだか突然歯切れが悪くなって、ウィルフレッドはそわそわと落ち着きなく身体を揺する。シルヴィアは「？」と首をかしげた。

「まぁ、仲がいいかと言われたらいいと思う。少なくともおれは兄上を慕っているし、尊敬している。病弱だの寝たきりだのと言われるが、兄上の頭の良さは学者顔負けだ。ここ数年は父上の相談役のような立場で、政策にも意見を出していた。結果的に採用された案もいくつもある」

「それはすごいわね……！」

「そう、兄上はすごいのだ」

　ウィルフレッドはしみじみと真面目な面持ちでうなずいた。

「喘息《ぜんそく》の発作で何日も寝込んだり、その後遺症で上手く身体が動かないときもあり、生きているだけで精一杯な状況もある中、できうる限り知恵を絞って国に貢献しようとしていた。……同時に、もう五年以上前から『王太子の位を返上したい』と父上に訴えていた」

　不意に苦々しい面持ちになって、ウィルフレッドはぽつりとつぶやいた。

「ちょうど兄上の病気が重くなって、寝たきりの時間のほうが長くなった頃か。医師の見立てでは無理をしなければ充分に成人を迎えられるとのことだったが、国王というのは多少無理が伴う仕事だ。在位三十五年を超える父を見れば、それは容易にわかる。兄は病弱な身に王冠は重すぎると訴えたんだ」

　それでもファウストの頭脳は国王になるのにふさわしいものだ。誰にも優しく聡明で、弱い者の気持ちにも寄り添えるファウストこそ王の器だと、前王陛下はなかなか首を縦に振らなかった。

　ウィルフレッドも王位に就いた兄を支えるために生きていたから、国王になるつもりはまったくなかった。もし自分が玉座に着くなら、それは兄が子を残せずに早世したときのみだと思っていたくらいだ。

だがファウストの気持ちは固く、前王陛下はシルヴィアが嫁いでくる半年前に、ファウストを廃嫡しウィルフレッドを王太子にすることを決定したという。

「決定と言っても、父上がご自身の胸の内で決めただけで、まだ公に発表はされていなかった。父上の在位三十五周年が近かったから、そのときにご自身の生前退位と、ファウストの廃嫡を発表する手はずをしようか、と内々で話しはじめたという感じだったのだ」

「では、あなたが国王になるのはもう半年前には決まっていたことだったのね？」

「公にされていないだけで、国王と王族、重鎮たちの中では——という感じにな。そして父上は兄上を見舞いがてら、そういう決定をしたと報告しに行かれたわけだ」

そしてその席にはファウストのみならず、世話係としてついていた侍女や乳母、ファウスト専属の医師もいて、彼らにも「そういうことだから」と伝えたそうだ。

「ほとんどの人間は粛々と受け入れたし、何人かは『これでファウストの負担が軽くなる』とほっとしていたくらいだ。ただ一人、兄上の乳母だけは抵抗して、その後も父上に何度も直談判に訪れていた。『ファウスト様が国王になれないのは間違っている！』とな」

ファウスト可愛さと言えど出すぎた行動だけに、国王はもちろんファウストも何度も乳母を咎《とが》めたらしい。あまりに言うなら世話係の任を解いて王城から追い出す、とすら言ったようだ。

だがファウストのこの言葉は乳母の神経をより逆撫でした。やがて乳母は『ファウスト派』と呼ばれる、ファウストを王位に就けることを望む者たちを巻き込んで、とんでもない行動に出はじめたのだ。

「乳母は国王付きの侍女の家族をファウスト派の貴族に人質に取らせて、言うことを聞かないと家族を害するとはっきり脅したのだ。脅された侍女は乳母に指示されるまま、父上の食事に少しずつ遅効性の毒を入れはじめた」

「なんてこと……！」

シルヴィアはぱっと口元を覆う。国王の私室の前で女官たちが毒について口にしていたのは、こういうことだったのだ。

「遅効性ゆえに、父上ご本人がおかしいと気づいたときにはかなりの量を摂取していたらしい。弱る父上に忍び寄った乳母は『ファウスト様を国王に据えると言えば助けてやる』と言ったそうだ」

「なんて卑劣な……！」

ウィルフレッドも当時のことを思い出したのだろう。冷静な中にも怒りと憎しみが見える目をして「まったくだ」と吐き捨てた。

「父上は拒否した。毒の影響でひどい頭痛と腹痛にさいなまれながらも、みずから乳母を捕らえようとなさったのだ。だが乳母は王城の隠し通路を使ってまんまと逃げ出した。騒ぎを聞いた女官が父上のもとへ駆けつけたときには、父上は床に倒れ込んで痛みに身悶えていらした」

かろうじて口が利ける状態だったため、前王陛下は毒を盛られたことを告げ、ファウストを守れと厳命した。

知らせを受けたウィルフレッドはすぐにファウストのもとへ走った。

ファウストもまた、毒の影響でぐったりと倒れ伏していた。

「どうしてファウスト様まで毒を……!?」

驚愕《きょうがく》のあまりまた大きな声を出してしまって、シルヴィアはゲホゲホと咳き込む。

ウィルフレッドはシルヴィアの背をさすりながら苦い面持ちで説明した。

「あの乳母が欲しがったのは『王位を望むファウスト』であって、『王位を放棄したいファウスト』ではなかった。国王のもとから逃げ出した乳母は、隠し通路を使って兄上の寝室に入り、その場にいた侍女に毒の入った瓶を突きつけた」

――本気で王位を放棄するつもりなら、この侍女に毒を含ませて殺してやる！　それがいやなら王位を望め！

ファウストは侍女を助けるため、なんとか穏便に話し合おうとした。……いや、どちらかといえば助けがくるまで時間を稼ごうとしたのだろう。そんなことはやめるんだと必死に言い募ったようだ。

だが痺れを切らした乳母は侍女の口に毒を流し込み、駆け寄ろうとしたファウストめがけて瓶を投げつけた。

瓶はファウストの顔に当たり、ガラスは粉々に砕け散った。ガラスでファウストの頬と首がわずかに切れて、瓶に残っていたわずかな毒が染み込んだ。

毒を盛られた侍女も喉を押さえてもだえ苦しみ、床をのたうち回った。

ウィルフレッドが駆けつけたときには侍女は息絶えており、ファウストも虫の息となっていた。

「そして犯人である乳母は姿をくらましていた。隠し通路を使って逃げたのだろうと今はわかるが、当時は誰がやったかわからずじまいで……。一連の毒の犯人が乳母であることはその後の調査でわかったことで、最初は父が毒を盛られたのと兄上が倒れたのは別の事件だとも思われていた。兄上に至っては死んだ侍女と仲がよかったことから、痴情のもつれの末の無理心中じゃないかと疑われたくらいだ」

「なっ、そ、そんなわけないじゃない……っ」

「さすがにおれも『そんなわけあるか』と口さがない奴《やつ》らを一喝して、徹底的に捜査した。だからこそファウスト派がこの件に噛んでいることがわかったたし、父上に毒を盛っていた侍女の証言で、行方不明の乳母が黒幕であることもわかった」

だが乳母の行方はようとして知れず、そのうちシルヴィアが嫁ぐ日が迫ってきた。

服毒の影響で弱った前王陛下は枕から頭を起こすこともできず、ファウストも似たような状況だ。

二人とも王城に置いていたら、ファウスト派の貴族や乳母によって、また命を狙われたり、いいように利用されたりするかもしれない。

考えた末、ウィルフレッドはファウストのみを別の場所へ移動させることにした。

「二人とも王城で守ろうという案もあったが、同じ敷地内に置いていたら前回のように、一度の襲撃で二人とも命を落とす可能性がある。それなら一人はまったく関係のない土地にいたほうがいいということになったのだ」

「でもファウスト様のほうを動かすのは大変だったのでは……?」

主に容態の急変という意味で、移送も気が気ではなかったと思うが。

「乳母が執着しているのはファウストのほうだ。そして王位がおれに移った以上、次に狙われるのはおれの可能性が高い。ならばファウストを逃がすべき……と思っていたが、乳母の恨みは深かったな。まさか寝たきりになった父の命をまた狙ってくるとは」

苦々しげなウィルフレッドを見て、シルヴィアも胸が痛くなった。

「でもあの乳母はファウスト様の居場所をまずわたしに聞いたのよ。ファウスト様のことも同じように害するつもりだったか……この期に及んで、彼を王位に就けようとするつもりだったのでしょう」

「だろうな。いずれにせよ、兄上も災難だ。兄上の居所については偽の情報をいくつか流していたが、そのどこにもいなかったこともあって、よけいに恨みと憎しみで強硬手段に出たのだろう」

ちなみに女官に化けて前王陛下の首を絞めていた者は、ファウスト派の貴族が雇った暗殺者だったという。

あの乳母は最初にファウスト派に接触したとき、その家族関係や交友関係などをすべて洗い出していたようだ。そのためファウスト派の全員の弱みを握っており、そういったものを巧みに使って脅しをかけたり、利用していたりしたらしい。

「あなたを孤児院からさらった手練《てだ》れどもも似たような経緯で紹介されたと見ている。今も捜索中だが……彼らは盲信のみで暴走する乳母と違ってプロだからな。金をもらってさっさと逃げている可能性が高い」

「そんな雰囲気だったわ」

そういう連中だけに、乳母が捕まったことを聞けばすぐに身をくらませるだろう。

「王族に仕える乳母なら万一のことを考えて隠し通路を使ってもおかしくないし、派閥に属する貴族たちの弱みを握っているなら、それを盾に身を隠したり、あるいは移動したり、毒や暗殺者を手に入れるのもお手のものだった、というわけね」

「そういうことだ。おまけにあの女、兄上を探してあちこちを移動しながら、兄上が支援していた施設に立ち寄ってはおれたちの悪評を吹きこんでいたらしい」

「孤児院の院長たちは、まさにそれを信じていた様子だったわ」

ウィルフレッドも難しい顔でうなずいた。

「あの院長は乳母に『ファウストがシルヴィアから「自分を貶めようとしたのはなぜか」を聞きたがっているから、連れ出すのに協力してほしい』と頼まれていたそうだ。ただ待機していたならず者に引き渡す前に、あなた自身がどういう人間か見極めたくて畑に呼んだとのことだ」

「そのときにきちんと話ができていればよかったのだけど、わたしも事情を知らなかったし……。でも、知っていたところで、気軽に話せる内容ではないから、和解は難しかったかもしれないわね」

どのみち、ならず者にさらわれる未来は変わらなかったことだろう。それに院長も今は自分たちがしたことを悔いて、取り調べにも素直に応じているとのことだった。

「これからはファウスト様が支援していた施設にも積極的に出て行って、そうではないのだと説明していかないとね」

やれやれと思いながらつぶやくが「そう急ぐこともないだろう」とウィルフレッドは苦笑した。

「まずは身体の回復が先だ。ファウスト派も最近はなりを潜めてきたが、いつどこで『ウィルフレッドは王にふさわしくない』と騒ぎ出すかもわからんし」

過去にさんざんいやがらせを受けてきたせいか、ウィルフレッドは自分の悪評程度、どうということはないという考えのようだ。

「それにしても、乳母一人にこれほどかき乱されるなんて……。乳母って、本来なら一番信頼の置ける世話係のはずなのにね」

「実際にあの乳母も十年くらい前までは優秀で控えめだったんだ。ファウストが飛び抜けて優秀だと認められるようになった頃かな、自分の育てた王太子は世界一だとか言い出すようになったのは……。その時点で周囲が違和感に気づければよかったのだが、いわゆる親馬鹿だと思って見過ごされたのがいけなかった」

「誰しも自分が育てた子が優秀ならば鼻高々になるのはしかたないとして……それを自分の思い通りにしようというのは駄目よね」

ふぅ、とため息をついてシルヴィアは枕に身を預けた。

「すまない、疲れただろう。一気にいろいろ話して」

ウィルフレッドが気遣わしげに髪をなでてくる。

彼にこうやって髪をなでられるのはきらいじゃないわと、シルヴィアはほほ笑んだ。

「いいえ……教えてくれて嬉しかった。確かに、こんな重大事態は他国から嫁いだばかりの人間には説明が難しいわね」

病弱な婚約者が侍女と駆け落ちしたというのも衝撃だったが、実際は暗殺されかけて遠くで保護されていたとは……。

衝撃的な事実であるのはもちろんだが、衝撃的すぎるゆえに、『信じられない、荒唐無稽な作り話だ！』と思われる可能性もなきにしもあらずだ。それだけに、ウィルフレッドはもちろんミーガン王国としては、事情を話すタイミングは慎重に見極めなければならないところだったのだろう。

「すまない。はじめから教えておくべきという考えもあるにはあったが、そのせいであなたが恐怖や緊張を感じたり、毎日ピリピリして過ごすことになったら気の毒だと思ったのだ。そのため、最低でも乳母が捕まってファウスト派が落ち着くまでは、駆け落ちと急病で通そうと結論づけた」

ウィルフレッドも難しい面持ちで説明してくる。

確かに、前王陛下が弱ったのは毒のせいだと知ったときも大変な衝撃だった。

ウィルフレッドが「信じて待っていてほしい」と言ってくれたから冷静さを保てたが、喧嘩した状態のままだったら、いろいろなことに疑心暗鬼になっていたことだろう。

「それと、おれがこの頃、王城を開けることが多かったのも、乳母があちこちで目撃されたという情報が入っていたからだ。国民はもちろん王宮にも動揺を与えないため、父上と兄上が毒に侵されたことは一部の者しか知らない。だからこそ、情報を摑んだときはおれ自身が出るようにしていたのだ」

「だから、わたしがあそこにいることにも、いち早く気づけたのね」

きっとウィルフレッドは乳母が目撃されたところに兵も置いて、なにかあればすぐに自分に繋げるようにしていたのだろう。

案の定、ウィルフレッドは神妙にうなずいた。

「とはいえ本当にギリギリの救出劇だった。知らせがあと少し遅れていたらと思うとゾッとする。乳母に操られたファウスト派の連中が、王城内にもまだ残っているからよけいにな。情報操作されていたら本当に危なかった」

「そうなると……わたしに『目立たない馬車で、最低限の護衛で行け』と指示した国王付きの侍従も、乳母が囲い込んだファウスト派だったということかしら？」

当時も不審な指示だとは思ったが、国王付の侍従ということでシルヴィアたちもすっかり油断してしまった。

ウィルフレッドもその話を侍女たちあたりから聞いていたのだろう。「つくづく、あなたには早めに話しておくべきだったと後悔したよ」と低い声でつぶやいた。

「その侍従に限らず、似たような奴らがまだ入り込んでいるのだ、この王城には。乳母が関わっている場合もあれば、おそらくそうでもない場合もある。第二王子から一気に国王になったおれを疎む輩《やから》など、掃いて捨てるほどいるからな。単なる私怨の可能性も充分にあるのだ」

「あなたはこんなに頑張っているのにね」

憤りとがっかりした気持ちを込めてつぶやくシルヴィアだが、ウィルフレッドは特に堪えていないようだ。

「そういう奴らにとっては、おれの頑張りなどどうでもいいことだからな」

と、なんでもないことのように肩をひょいっと上下させた。

「そう、おれのことはどうでもいいんだ。問題は矛先があなたに向いたことだ。……そもそもの話、本来ならこんな混乱している状態のところに、他国の人間であるあなたを招くこと自体、かなり危険なことであって」

「それは確かにそうね……。わたしもあなたの立場なら、どうにか結婚は先送りしたいと思うところだわ」

「本当にそれに関しては時期が悪かった。どうしたらいいか満足に議論もできぬままに、あなたが国境を越えて我が国に入国したという報せが入ってきてな。そこまできて『帰れ』というのも、それはそれで無礼すぎるし、本当にどうしたものかと」

頭を抱えるウィルフレッドは当時の苦悩を思い出してか、眉間に深い皺を刻んでしまう。

彼の立場で考えたら誰しもそのような面持ちにもなろう、という気持ちで、シルヴィアも大いに同情した。

「確かに、国境を越えるだけでも一ヶ月はかかったから、その場で帰れと言われたところで、こちらも帰れなかったと思うわ……」

なにせ国境をまたいでの輿入れということで、旅の道中は各地の領主の屋敷を中心に宿泊したし、それに伴って歓迎の宴や、見送りの式典などをたくさん開いてもらったのだ。

そういったものを受けながら旅してきただけに、帰れと言われて、おいそれと帰るわけにもいかない。

ウィルフレッドもその当たりの事情は重々承知していたのだろう。だからこそ、予定通りシルヴィアを王城で迎えるという結論になったのだ。

「その結果、あなたには登城したその日に、ファウストの駆け落ちというでっち上げの話と、結婚相手の変更という珍事を同時に告げることになってしまった。改めて謝罪させてくれ。本当にすまなかった」

律儀に頭を下げるウィルフレッドの手を、シルヴィアはぽんぽんと優しく叩いた。

「こういう事情だと知った今は、それもやむなしと思うわ。わたしがあなたの立場でも、おそらく同じような決断をしたでしょう。どうか気にしないで」

「あなたが優しく寛大な人物であったことに感謝するばかりだ」

「大げさですってば。……結果的に、こうして内々の事情を話してもらえたわけだし。理由を聞いてわたしもスッキリしたわ。それに信頼された証みたいで嬉しい」

にこっとほほ笑むと、ウィルフレッドはのろのろと頭を上げてくれた。

「信頼は最初からしていた。ただ、怖がらせたくなかったのだ。その思いから黙っていたことはわかってほしい。……本当はこれらの事情も、あなたが世継ぎを産んで、落ち着いたくらいに話そうかと思っていたのだ」

少し困った様子で後ろ髪を掻く彼を見て、シルヴィアはそう言えばと女官たちのうわさ話を思い出した。

「……あの、一つ聞いていい？」

「うん？」

「わたしを、その、結婚してから頻繁に抱いたのは、早く跡継ぎを作って自分の地位を盤石にしておきたかったからなの？」

するとウィルフレッドは虚を突かれた面持ちで、シルヴィアを穴が空くほどまじまじと見つめてきた。

「……そんなに見られると恥ずかしいのだけど」

「いや、その、どうしてそんな発想になったのかと」

「え？　それは、その……い、今の話を総合すると、やっぱり世継ぎでもなんでも作って、自分の国王としての御代《みよ》を安定させるのが、あなたにとっての喫緊の課題だったのかなぁと思ったわけよ」

女官のうわさ話でそう聞いたから……とは言えないので、シルヴィアはそれらしい理由を必死に述べた。

すると、ウィルフレッドはめずらしく困った様子で、片手で口元を覆う。

「世継ぎを作るのは確かに大切ではあるが……それは、そのぉ……」

隠しきれない彼の目元がじわじわと赤くなっていって、今度はシルヴィアが驚いた。

「え、なに？」

「だから……よ、世継ぎを作るなんていうのは建前で、単純に、おれがあなたを抱きたくて抱いたんだ！」

「えっ」

思いがけない答えに、シルヴィアは目を丸くする。

ウィルフレッドはますます真っ赤になりながら、ええいままよという様子で白状した。

「さ、最初はおれも、初日でいきなりがっつくつもりはなかったのだ。きちんと距離を詰めてお互いを知ってから……と思っていたが、その……」

「そ、その……？」

「――久々に見たあなたが、あまりに、きれいになっていたから！　ほとんど一目惚《ひとめぼ》れみたいな気持ちになって」

「ほとんど……一目惚れ……」

呆然とくり返したシルヴィアは、言葉の意味を呑み込むなり、思わず「……え、えっ、ええええー！」と悲鳴を上げてしまう。おかげでまた咳き込んだ。

「げほっ。……え、ほ、本当に？　わたしに……一目惚れ？」

「いや、一目惚れというのも語弊があるが。おれは、その……む、昔、あなたにはじめて会ったときから、あなたが可愛いと思っていて」

「か、可愛い？」

いよいよ予想外のことを言われて、シルヴィアはひっくり返った声でくり返した。

「いえ、あの、そう思ってくれるのは嬉しいけれど……で、でもあなた、はじめて会ったときにわたしのことを『地味』と言っていなかった？」

その言葉と、こちらを見つめるいやそうなまなざしのおかげで、彼にきらわれていると思っていただけに、よけいに意外だ。

一方のウィルフレッドは「どうしてそんなことを覚えているのだ」と目に見えてうろたえていた。

「そりゃあ覚えているわよ。これでも王女ですからね、他人から面と向かって言われる言葉はほとんどが褒め言葉だった。それなのに、あなただけがズバッと悪口を言ったのよ」

だからこそ、ファウストの陰に隠れてほとんど印象が残らなかったウィルフレッドのことも、かろうじて覚えていられたわけだが。

「それは、その……悪かった。子供ながらに一丁前に嫉妬心が抑えきれずに、つい……」

「し、嫉妬？　いったいなにに？」

ウィルフレッドはこれ以上語るのは恥ずかしすぎる……という顔をしながらも、シルヴィアが「教えて」と重ねて懇願すると、うなるように答えた。

「兄上だ。一瞬で心を奪われるほど好きだと思った女の子が目の前にいるのに——この子は今日、兄上との結婚が決まったのだと思ったら、やっぱりショックで、なぜなのだという気持ちが抑えきれずに」

それまで尊敬と敬愛しかなかった兄に対し、はじめて芽生えた「ずるい」という感情がこれだったと、ウィルフレッドはぽつりとつぶやいた。

「それを兄上に言えばよかったのだが、おれ自身もまだガキで、その感情が嫉妬とは気づかなかった。まして敬愛する兄上相手に負の感情をぶつけるなどとんでもない。その結果、あなたを『地味だ』と罵ることで溜飲《りゅういん》を下げようとしたのだろう」

「そういうことだったの……」

真相がわかるとなんだか拍子抜けするような、ほほ笑ましいような不思議な感覚だった。

「ちなみにファウスト様は、あなたがわたしに一目惚れしたことを知って……？」

「ああ。あなたを『地味だ』と罵ったそのときにはもうバレていた。なぜあなたが兄の婚約者であるだけでこんなにショックなのか、自分では上手く説明できなかったのに、兄上は一発でその理由を見抜いたのだ」

　フィオリーナからミーガンへ戻る道すがら。ファウストはウィルフレッドと二人きりになったときを見計らって弟に声をかけた。

『ウィル、君、フィオリーナのシルヴィア王女のこと、とても可愛くて好きだなと思ったのだろう？』

『……⁉　あ、兄上！　いったいなにを言っているんだ』

　帰りの道中、ずっとシルヴィアのことを考えて上の空だったウィルフレッドは、兄の指摘に真っ赤になって跳び上がった。

　しかし聡明なファウストはなにもかもお見通しという目をして『いいじゃないか』とほほ笑んだ。

『二国間の盟約によって、王族をはじめとする貴人同士の結婚は定められているが——君も王子なのだから、シルヴィア王女の相手は君でも別に大丈夫なんだよ、ウィル。むしろ身体を動かすことが好きな君のほうが、外遊びが好きなシルヴィア王女と馬が合いそうな気がするな』

『そ、そんなことを言ったって。彼女はもう兄上の婚約者に決まったし……！』

『いくらでも変更できるさ。まぁ、僕の病気が進行したら、否応なくそうなる可能性もあるだろうが』

『兄上、やめてください。そんな不吉なことを言うのは』

兄は聡明ゆえに自身が抱える病についても熟知していた。そのためぽろっとこんな発言をこぼすことがあり、毎度ウィルフレッドは胸が締めつけられるような悲しい気持ちになっていた。

『シルヴィア王女が結婚するのは兄上です。そしておれは国王となる兄上を一生懸命に支えます。兄上の言うとおり、おれは健康だから、軍人になって国も兄上もしっかりお守りするんだ』

『頼もしいね。ありがとう、ウィル』

ファウストは天使のような優しい笑みで、ウィルフレッドの頭をなでてくれた。

口に出した言葉はまぎれもない本心だったが、ウィルフレッドの中でシルヴィアへの思いは消えることはなかったという。

それどころか数年に一度、ファウストにくっついてフィオリーナを訪れるたび、子供から少女へとさらに愛らしくなっていくシルヴィアへの思いを募らせていったという。

「……ま、まったく気づかなかったわ。そんな思いを向けられていたなんて」

なんだか申し訳なくなるシルヴィアに対し、ウィルフレッドは「気づかれないように必死でいたからな」と深くうなずいた。

「あなたは兄の婚約者で、おれは兄とあなたを支える一番の臣下なのだ。そう自分に言い聞かせて、兄より前には出るまいと自戒していたから」

「すごい自制心ね」

「だからだろう。いざあなたを自分の花嫁に迎える流れになって、その……完全に舞い上がった」

特にシルヴィアの花嫁姿を見た瞬間には、もうキスしたい気持ちではち切れそうになっていたという。

「ま、まさか、誓いのキスがあれだけ濃厚だったのも……」

「その後、あなたにキスしまくったのも、横抱きにして運んだのも、すべてあなたを手に入れられた嬉しさゆえだ。我ながら少々やり過ぎたと反省している」

すまなかった、と律儀に頭を下げる彼にシルヴィアは脱力した。

（……まぁ、確かにそうだったわね）

初夜が空けた翌日からは、執務の忙しさで離ればなれになったこともあって、ウィルフレッドはずっと紳士的だった。あれは彼なりに自重した結果でもあったということか。

「まして、久々に顔を合わせたあなたは想像以上に美しくなっていて、本当に……二度目の一目惚れという感じだったのだ」

どこか熱に浮かされた声音でウィルフレッドはささやいた。

「父上や兄上、乳母のことでやることが山積みで、心身ともにわりとボロボロだったのだが——あなたを見るなり、冗談抜きで生き返った」

「それはそれは……」

「深紅のドレス姿も素敵だったし、純白の花嫁衣装は女神のごとしだった。そのあとの装いもどれも可愛らしくて素敵すぎて……早くすべて脱がせて押し倒したかった」

「待って。独白ついでにすごく恥ずかしいことまで口に出しているわ」

シルヴィアはかっかっと顔を火照らせながらあわてて止めに入る。ウィルフレッドも顔を赤くしたままながら、ニヤッとほほ笑んだ。

「普段わりと澄ましているあなたが、からかうとそうやって赤くなって言い返してくるところも可愛くてたまらないんだ」

「も、物好きね。フィオリーナの家庭教師からは気が強い女はきらわれると教えられたのに」

「おれはそれがなにより好きだ。あなたとこうしてポンポン言い合うのが本当に楽しいし、疲れているときは特に癒やされる」

「そういうものなの？」

ああ言えばこう言うとばかりに言い返してくる妻など、夫から見ると生意気にもほどがあると思うのだが。

それに、男性はもっとおしとやかで優しい女性を好むと思っていた。ウィルフレッドの好みが変わっているだけだろうか……？

しかしシルヴィアの疑問に反し、ウィルフレッドは隠しきれない熱が籠もった口調で言葉を重ねてくる。

「話だけではないぞ。あなたはものをハキハキ言うタイプではあるが、根底はとても優しく相手思いだ。おまけに手作りの菓子も美味しいし、茶を淹れるのも上手い」

「そ、それはどうも」

「だからだろう、ここ最近は休憩が取れないのが本当に地獄だった」

不意にずーんと沈み込んで、ウィルフレッドが覇気のない面持ちでため息をついた。

「いくら乳母とファウスト派の悪人の捜索に忙しかったとはいえ……。あるとき、仮眠中にあなたの菓子を食べる夢を見てな、本当に幸せだったのだ。……だからこそ、目覚めて菓子もあなたも目の前にいないことに気づいたときは、心の底から絶望した」

「そんなに言うほど……」

これまでになく疲れた様子のウィルフレッドを見て、シルヴィアは少し引いてしまう。

どうやら自分が思うよりずっと、ウィルフレッドは妻のことを深く思ってくれているようだ。

そう考えると、やはりまぎれもない嬉しさが湧いて、シルヴィアは優しくほほ笑んだ。

「寝台を出られるようになったら、いくらでもお菓子を作るわ。また毎日、一緒にお茶をしましょう?」

「……してくれるのか?」

ウィルフレッドはハッと顔を上げて、すがるような目を向けてきた。

「あなたにあれこれ秘密にしていた上、助けに入るのもずいぶん遅れたおれは……きらいになられてもしかたないと思っていた」

いつにない弱気な発言を、シルヴィアはあえて明るい声で笑ってみせた。

「あらまぁ、そんなことを考えていたの？　あり得ないわ。だって……わたしも、あなたのことが好きだもの」

緊張で胸がドキドキ言い出すのを感じるが、彼がこれだけのことをさらけ出してくれたのだ。

シルヴィアもまたまっすぐな気持ちで、彼への思いを口に出した。

「あなたのことが好きよ、ウィル。わたしも……このお城で再会したあなたが、とても格好良くて見惚《みほ》れてしまったもの。戴冠式のときの凜々しい姿にも」

「そ、そうだったのか？」

驚きに目を見開く彼に、シルヴィアは「そうよ」とはにかんだ。

「わたしもこうして会話するのが楽しいわ。初夜でも気を遣ってもらえて……その……気持ちよかったし」

さすがに言葉に出して言うのは恥ずかしいので、シルヴィアは最後の言葉だけはゴニョゴニョと早口で言い終えた。

「なにより、あなたが何度も気遣いと優しさを見せてくださったから。ちょっと過剰じゃないかと思ったけれど……お話を聞いたら、そうなってもしかたないかもというのはよくわかったわ」

「おれとしてはまだ足りないくらいだったが」

「もう。これ以上のことがあったら、さすがに甘やかしすぎになるわ」

シルヴィアはクスクスと笑った。

「そうだろうか。しかし、ああ――本当に？」

困惑と驚きと、じわじわ湧いてくる喜びと。それらすべてが信じられないという思いと。すべての感情が読み取れる面持ちで、そろそろとこちらを見てくるウィルフレッドに、シルヴィアはうなずく。

「あなたのことが好きよ、ウィル。実は……わたしを抱くのが世継ぎのためじゃないかと思ったときに、すごく苦しくて悲しくて、それであなたのことが好きだと気づいたの」

ウィルフレッドもようやく冗談でも夢でもないとわかったようで、目元を赤らめながらほうっとため息をついていた。

「不安にさせてすまない。もっと早く打ち明ければよかったが、その……あなたとしては、ほぼ初対面みたいなわたしが即座に『好きだ』と言ってきたら、驚く以上に引くのではないかと思ってしまって」

言葉を選んでいるのがわかる慎重な発言からは、彼のほうもそれだけシルヴィアのことで思い悩んでいたという心情が読み取れた。

（だからこそ好きなのよ）

改めてそう感じたシルヴィアは、そっとウィルフレッドの手に手を重ねる。

「結婚相手があなたでよかった。今後も仲良くしてくださる？」

まだ信じがたい面持ちで目を見開いていたウィルフレッドは、シルヴィアの言葉を聞いてはっと姿勢を正した。

「もちろん、もちろんだ、シルヴィア。むしろおれのほうこそ、よろしく頼む」

「はい、お願いします」

律儀に頭を下げると、ウィルフレッドも釣られたようにお辞儀する。おかげで顔を上げて目が合った瞬間、二人で笑い合ってしまった。

「――シルヴィア、キスしても？」

手を繋ぎながら言われて、シルヴィアは薄く頬を染めながらうなずく。

ウィルフレッドは嬉しそうに破顔して、シルヴィアのくちびるにうやうやしく自身のくちびるを重ねてきた。

それはこれまでしてきたどんなキスより嬉しくて甘美に感じて、シルヴィアはうっとりと目を伏せて幸せにひたるのだった。

＊　　＊

取り調べや捜索が終わり、乳母の処分が北の国境近くにある修道院での幽閉に決定したのは、それから三ヶ月後のことだ。

その頃には乳母が起こした騒ぎにまつわる諸々《もろもろ》が集結していて、ファウスト派の貴族たちも表向きはおとなしくなっていた。

「またなにか言い出したり、おれを蹴落とそうとするかもしれないが、そのときはそのときだ。厳粛に対処すればいい。いちいちうろたえていたらキリがないしな」

何度も危ない目に遭わされてきたウィルフレッドは平然としたものだ。

それに彼が倒れたときに玉座に座れる人物がこれと言っていないだけに、彼を気に入らない人間がいても、今はなにもできないだろうというのが多くのひとの見解だった。

実際、シルヴィアもそれ以降は危ない目に遭うことはなく、寝台から起き上がれるようになってからは再び公務に励んだ。

あの修道院にも再び足を運んだ。証言を終えた院長以下職員たちが、床に頭をこすりつける勢いで謝ってきたのには驚かされた。

だが彼女たちも乳母に利用されたようなものだけに、恨む気持ちは湧いてこなかった。

『その代わり、今後はファウスト様に代わってわたしがこちらを支援します。ひとまず雨漏りがひどいところを直してもらえるように、職人を派遣する予定よ。今後も子供たちが暮らしやすい環境をともに作っていきましょうね』

院長たちはシルヴィアの寛大な処置に大いに感謝し、その後も長くシルヴィアとつきあうことになっていくのだった。

そして乳母を乗せた罪人馬車が北へ出発するのと同時に、ウィルフレッドとシルヴィアは南へと出発する。

これから二週間の旅行に行くのだ。遅くなってしまったが新婚旅行という体である。

「本来なら結婚してすぐ取るべき休暇だが、結局こんな時期になってしまってすまないな」

「忙しい時期に旅行に行っても休めなかっただろうから、今がちょうどいいわ。それにしてもこのあたりはまだ暑いのね」

季節はあっという間に秋に移ろっていた。王都では木々の葉がだんだん紅葉してきたが、南のほうは夏が長いのか、まだ青々と茂っている草木が多いようだ。

数日の馬車旅を経て二人がたどり着いた場所は、観光地から少し外れた保養地だ。

その保養地からさらに奥まったところにある小さな屋敷――王侯貴族が住むにはさびれているると言えるその屋敷に、二人は相乗りした馬で到着する。

「ようこそおいでくださいました、お二方。旦那様はちょうどお目覚めになったところですよ」

呼び鈴の音を聞いて出てきたのは五十代くらいの人の良さそうな女性だ。

彼女の案内で奥の寝室へ入った二人は、寝台に身体を起こして本を読んでいる人物に気づき、ぱっと破顔した。

「ファウスト兄上、ご無沙汰しております」

ウィルフレッドが声をかけると、そのひとも嬉しそうに笑顔になった。

「やぁ、ウィル。元気そうだね。それにシルヴィア王女……いや、今はもう王妃様だね。また会えてうれしいよ」

「ファウスト様……！」

シルヴィアも安堵のために涙ぐみながら、手招かれるまま寝台に近寄った。

「ご無沙汰しておりました、ファウスト様。身体を起こしていて大丈夫なのですか？」

「うん。どうやらこちらの水が合ったみたいでね。毒ももう抜けたから安心して」

「ああ、よかった。心配しておりました」

シルヴィアはそっとファウストの顔色をうかがう。

病弱ゆえかあいかわらず線が細くて、儚《はかな》げな美貌と相まって天使のような雰囲気だ。だが水が合っているというのは本当なのだろう。顔色はさほど悪くない。

ウィルフレッドも安心したようで「ゆっくりできているようでよかった」とうなずいた。

「王城での気を張った生活から離れるのが一番の薬だったということか？」

「そうかもしれないね。ここでの生活はのんびりしていて快適だよ。思う存分、本も読める」

「兄上は本の虫なのだ」

にやりと補足するウィルフレッドに、「君ももっと読んだほうが見識が広がるよ」と、ファウストもまたニヤッとしてみせた。

「――さて。手紙をもらったから、だいたいの事情は察しているけど――シルヴィア、このたびは我が国のゴタゴタのせいで苦労させたようで、すまなかったね」

深く頭を下げるファウストに「顔を上げてください」とシルヴィアは大いにあわてた。

「それに関してはウィルフレッド陛下にも何度も謝っていただきましたから。……正直、謝罪はもうお腹いっぱいなのです」

「あははは、お腹いっぱいか。それじゃあこれくらいにしておくよ。――とにかく、君たちが結ばれてよかった。お似合いの夫婦だ。よかったね、ウィルフレッド」

「ああ、ありがとう」

そのとき扉がノックされて、護衛隊長が衛兵の配置を確認したいと訪ねてくる。

指示を出してくるとウィルフレッドがいったん離席したところで、ファウストは改めてシルヴィアに向き直った。

「ウィルフレッドは子供の頃から君のことが好きだったんだよ、シルヴィア。僕は僕で、病弱な僕より弟のほうが君を幸せにできるんじゃないかなぁと思っていたから、収まるところに収まってくれてよかったよ」

「ウィルフレッド様からもうかがいました。わたしに一目惚れだったと」

「そうそう。『あ、人間は恋に落ちるときにこういう表情をするのか』と、僕は弟を見て学んだんだよ。あれは見物だったなぁ」

ファウストは優しい声音でゆっくりしゃべる。だからだろうか、その言葉の節々に弟への愛を感じられて、聞いているだけでほっこりできた。

「僕は王城に戻らずここでの生活を続けるつもりだ。弟を助けることができないのが心残りと言えば心残りだけどね。ただ僕が王城にいたところで、どちらかというと足手まといとか、また変な争いの種とかになりそうだから。残りの人生はここで息を潜めているよ」

「まぁ、そんな言い方……。お兄様が元気でいてくださるだけで、ウィルフレッド様は安心されるはずです。だから、これまで以上にお身体を大事になさってくださいね、ファウスト様」

「そうだね。元気でいることが一番の助けになるなら、長生きしなきゃね」

ファウストがにっこり笑うと同時に扉が開いて、ウィルフレッドが戻ってきた。

「楽しそうだな。なんの話をしていたのだ？」

「君が小さい頃に、いかにシルヴィア王女を好きだったか、ということをご本人にお伝えしていたのさ」

「ばっ……！　兄上！」

途端に真っ赤になるウィルフレッドに、ファウストはニヤニヤと少し意地の悪い笑顔を浮かべる。

あまり似ていない兄弟なのに、そのからかい混じりの笑顔はびっくりするほどウィルフレッドと同じだった。

「おやおや、そんなに真っ赤になって。我が弟は純だなぁ」

「兄上！」

首まで真っ赤になって言い募るウィルフレッドに、ファウストだけでなくシルヴィアも声を立てて笑ってしまう。

そうして三人はファウストの体調が許すまで、離れていた時間を埋めるべく、楽しく会話を続けたのだった。

ファウストのもとを辞した二人は、滞在先となる保養地の屋敷へ入る。王家所有の屋敷はよく手入れされており、観光客やほかの滞在客から見えないよう、敷地をぐるりと囲むように背の高い柵と蔦《つた》が巡らせてあった。

おかげで敷地内は裸で歩いても大丈夫だと言われる。さすがに裸はないわよ、と笑っていたシルヴィアだったが……。

「こんな昼間から温泉に浸かっているなんて。不思議な気持ちだわ」

太陽がまだ西に傾いていない時刻。敷地内の温泉に半身を浸しながら、シルヴィアはふーっと大きく息をついた。

この保養地の大きな特徴こそ、この温泉である。どことなく不思議な匂いのする湯は乳白色でとろりとしていて、いろいろな病や怪我《けが》に効果があるそうだ。

ファウストはこの土地を「水が合う」と言っていたが、どちらかというとこの温泉の効能が回復に繋がったのではないかと思う。飲泉と言って、温泉を飲むことで身体の内側から癒やしていく方法もあるそうだ。

「確かにこうして浸かっているだけで気持ちいいものね。やみつきになるわ」

「――なるほど、青空の下で湯に浸かるのが我が妃のお気に入りか」

「きゃあ！」

行儀悪く手足を伸ばして浸かっている最中、そんな声が聞こえて、シルヴィアは湯をバシャンと跳ね上げながら飛び上がった。

「ウィルフレッド！」

「なかなか開放的な格好だな、王妃様？」

「そ、そういうあなたこそ裸ではないの！」

シルヴィアは大あわてでウィルフレッドに背を向けて両手を目で覆う。

建物から温泉まで歩いてきたウィルフレッドはガウンを軽く引っかけていただけで、ほとんど全裸と変わらなかった。

「風呂に入るのになにか着る奴があるか。おもしろいな」

「そ、それはそうだけど、タオルを巻いてくるとか……いろいろあるでしょう！」

「おれにとっては不要だな」

「きゃん！」

さっさと湯に入ってきたウィルフレッドが、背後からシルヴィアを抱きしめてくる。

先ほどまで屋外にいたはずなのに、ウィルフレッドの身体はすでに湯と同じ……いや、それ以上に熱いかもしれない。シルヴィアは否応なくドキドキした。

そのまま胸のふくらみを大きな手のひらで包まれて、シルヴィアは真っ赤になりながら身をよじった。

「ちょっと……ここお風呂よ？」

「そういえば初夜のとき以来だな」

「そ、それでなくても、ここは屋外だからね？」

「開放的で気持ちいいと思わないか？」

――これはなにを言っても駄目なやつだと、シルヴィアはため息をつく。

「んもう、節操なしね」

「こと、相手があなただと自分でも驚くくらい自制が利かなくなるらしい」

「んっ」

襟足あたりに口づけられて、シルヴィアはピクッと肩を揺らした。

髪は湯につけないほうがいいと言われたので、シルヴィアのピンクブロンドは頭の高い位置でひとまとめになっている。

まとめているのはバザーで買った、あの青いリボンだ。

ウィルフレッドもそれに気づいたようで「普段使いしてくれているのだな」と嬉しそうだ。

「そ、そりゃあ、せっかく贈ってくれたのだもの。こういうまとめ髪のときに便利なのよ、このリボン」

「嬉しい限りだ。リボンのおかげで真っ白なうなじもよく見えるしな」

言うが早いか、ウィルフレッドはそこにちゅっちゅっとキスしてきた。

同時に背後から乳房を揉まれて、シルヴィアの体温も徐々に上がってくる。

「あ、んっ」

乳首をきゅっとつねられてシルヴィアは鼻にかかった声を漏らす。

「可愛いな。少しいじったくらいでもう勃って」

シルヴィアの耳をうしろから食みながらウィルフレッドが小さく笑う。その吐息にも声にもぞくぞくして、シルヴィアは石造りの浴槽の縁を握って必死に声をこらえた。

「は、ぁ……そんな、胸ばかりやめて」

乳首を親指で転がしながら乳房をふるふると揺さぶられて、シルヴィアは息を乱しながら懇願する。

ウィルフレッドは片手をシルヴィアの腰に回して、ぐっと自分の身体に引き寄せた。

「あっ」

途端に、お尻に硬くなった彼のものが当たってきて、シルヴィアは目元を赤らめる。

「さすがに、温泉の湯の中で入れるのはやめたほうがいいか……。だが、この通りもう我慢できない。あなたの太腿を貸してくれ」

「ふ、太腿……？」

「ああ。そのまま膝立ちになって」

シルヴィアは浴槽を握りながらそろそろと膝立ちになる。腰をさらに持ち上げられると湯の中で膝がふわりと浮いた。

「なにをするの……？　んあ、あっ？」

慎《つつ》ましく閉じていた太腿と、秘所のあいだにあるわずかな隙間を縫って、ウィルフレッドが背後から肉竿を差し入れてきた。

膣壁に入れられたわけではないとはいえ、彼のものを太腿で挟んでいる状態もなかなか卑猥だ。シルヴィアはかぁっと首まで真っ赤にした。

「そう、そのまま太腿を閉じていてくれ」

「ん、あっ、これで動くの……？　あっ」

言うが早いかウィルフレッドは腰を使いはじめる。

彼が腰を前後させるたびに反り返った肉竿が秘所のいいところをこすっていって、シルヴィアはついゾクゾクと背筋を甘く震わせた。

「あ、あ、これだめ……あっ」

無意識に逃れようと前屈《まえかが》みになった途端に、彼の雁首《がんくび》がふくらみはじめた花芯をこすっていく。それがひどく気持ちよくて、シルヴィアはつい熱いため息を漏らした。

「濡れてきたか……？　滑りがよくなったような気がするが」

「んんっ」

乳首をくりくりいじられながら聞かれて、シルヴィアはびくびくっと背筋を震わせた。

「お、温泉のお湯のせいよ……っ、あ、はぁっ……、あぁ、そこ……っ」

ぬるぬると前後していく肉竿が何度も花芯を擦っていく。

秘所の割れ目に沿うように動かされると、どうしても蜜壺に埋められているときのことが思い出されて、身体はどんどん高ぶっていった。

「あぁ、あぅ……ん、いい……っ」

「気持ちいいか？」

「ん……」

こくこくとうなずくと「おれもだ」と嬉しげな声が聞こえてきた。

「こうして太腿に挟まれるだけでも気持ちよくておかしくなりそうだ。中に入れたら、もっといいのだろうな……」

「ん、はっ……ここでは……だめ……っ」

「わかっている。だが一度出させてくれ」

「んあぁぁあ……！」

抽送が速くなって、二人を中心に湯がバチャバチャと音高く波打つ。

シルヴィアは浴槽の縁に必死に捕まりながら、されるがままに激しく揺さぶられた。

「は、あぁ、やぁああ……！」

「う、くっ」

やがてウィルフレッドが低くうめいて、シルヴィアの腰をぐっと引き寄せる。

太腿に挟まれた肉竿がどくっと震えて、大量の精を吐き出すのが伝わってきた。

シルヴィアも軽く達してしまって、がくがくと震えながらぐったりと浴槽の縁にもたれてしまう。

「は、はぁ……はぁ……っ」

「……ふぅ、のぼせそうだな」

最後まで吐き出したウィルフレッドは、シルヴィアを抱き寄せると軽々と抱き上げて湯から上がった。

二人とも裸のまま建物の中に戻る。一番近い部屋は脱衣所や休憩所を兼ねているのか、タオルや夜着のほかに、大きな寝台も置かれていた。

ウィルフレッドは手早くシルヴィアの身体をタオルで拭いて、彼女をそっと寝台に横にさせる。そうして自分の身体も拭き上げると、すぐさま上に上がってきた。

「喉が渇いただろう」

「ええ」

シルヴィアはゆるゆる目を開ける。飲み物が入ったグラスを渡してくれるのかと思ったが、ウィルフレッドはかたわらの小机にあった水差しを掴むなり、直に口をつけてごくごくと飲み始めた。

豪快な飲み方に呆然としていると、水差しを置いたウィルフレッドがくちびるを重ねてくる。

「んっ」

とっさに口を開ければ冷たいレモン水が流れ込んできて、シルヴィアは驚きつつもありがたく飲み干した。

「……ん……口移しにする必要はないのでは？」

「グラスが見当たらなかったものでな」

「……」

水差しの隣にちゃんと置かれているけれど、と視線で訴えてみるが、ウィルフレッドはきれいに無視してきた。

「グラスを気にする余裕があるのか?」

「あ、んっ」

レモン水で冷たくなったくちびるで首筋をたどられ、シルヴィアはびくっとする。

そのまま乳首を食まれてより大きく反応してしまったが、舐め転がされるうちに乳首も彼の舌も熱を持っていくのにひどくドキドキさせられた。

「んあ、あっ……あぁ、吸っちゃだめぇぇ……っ」

止める間もなくちゅうっと吸われて、肌の内側からなにかがあふれそうな感覚にシルヴィアは小刻みに震える。

反対側の乳首も同じように咥えられ吸い上げられて、気持ちよさがどんどん募っていく。

思わず彼の頭を抱き寄せると、ウィルフレッドがにやりとほほ笑む気配が伝わってきた。

「積極的だな。屋外はいやだと言っていなかったか?」

温泉に近いところは壁がない仕様の部屋だけに、ここも半屋外のようなものだ。一度温泉で達したせいなのか、シルヴィアも大胆な気持ちになっていた。

「気持ちいいんだもの……」

半ばむくれた気持ちで開き直ると、ウィルフレッドはかすかに笑ってシルヴィアのくちびるに口づけてきた。

「んんっ……」

舌を絡ませるうちにレモン水の冷たさはどこかに行って、ただただ互いの熱を伝え合う行為に熱中してしまう。

感じやすい舌の裏を舐められると身体が弾むほどに感じてしまって、シルヴィアはつい全身をびくびくっと震わせた。

「は、ぅ……ンンン……！」

再び胸を揉まれて、気持ちよさにうっとりと目を伏せてしまう。

ウィルフレッドも熱いため息をこぼしながら、落ちてきた前髪を片手で掻きあげた。

そしてシルヴィアの首筋にくちづけながら、後頭部にまとめていた彼女の髪をふわりと解く。

髪を一房取って口づけられると、肌に口づけられたわけではないのにドキンとして、また全身が熱くなった。

「下も可愛がらないとな」

身体を起こしたウィルフレッドはシルヴィアの足を持ち上げ大きく開かせる。

そして彼女の秘所に顔を寄せると、ヒクつく秘裂を舌でぬるっと舐め上げた。

「ひあぁあ！」

びくっと腰を揺らして反応するシルヴィアを上目遣いに観察しながら、ウィルフレッドは秘裂の奥に忍び込もうと舌先でぐりぐりと蜜口をいじくってくる。

「あ、あ、やぁ、そんな、とこ……！　んあぁああ！」

指とも肉竿とも違う刺激にシルヴィアは激しく身悶える。

やがてあふれ出る蜜を啜《すす》り上《あ》げたウィルフレッドは、舌を花芯へと滑らせた。

「——んあぁああ！」

感じやすい秘芽への刺激に、シルヴィアはびくんっ！　と全身を弾ませ感じてしまう。

「やはり、ここが一番いいか？」

「……んあっ！　あ、あぁああ、や、あぁ」

くちゅくちゅと花芯を舐め転がしながら、秘裂にずぶっと指を入れられ掻き回される。

「はあぁああぁ……ッ」

気持ちよさのあまり、思わずため息のような悲鳴が漏れた。

「大洪水だな」

ウィルフレッドがそうつぶやくように、彼の指が抜き差しされるたびにぐちゅぐちゅと蜜があふれてくる。

その音と弱いところへの刺激に耐えきれず、シルヴィアは「あ、あ」と切れ切れの声を漏らしながら背を大きくしならせた。

「あ、あぁ、だめ、いく……っ、んあぁあああ……‼」

指が埋まる奥のほうから快楽の熱がぶわっと噴き出して、身体の隅々へと駆け抜けていく。頭が真っ白になり、自分の声も遠くなって、シルヴィアは全身をがくがくと大きく震わせた。

震えが収まるとどっと汗が噴き出して、自然と息が上がってしまう。

「はぁ、はぁ、はぁ……っ」

「今日は特に感じやすいみたいだな」

いいことだとほほ笑んで、顔を上げたウィルフレッドはシルヴィアの両足をさらに大きく開かせた。

「ひ、ぁあぁあああ……！」

シルヴィアがハッと気づいたときには、彼はいきり立った肉竿を蜜壺にずくりと埋めていた。

うねる蜜襞は待ち望んでいたかのように男根にきゅうっと吸いついていく。甘美な締めつけにウィルフレッドも満足そうな息をついた。

「ああ、よく濡れている……。こちらもすぐにいきそうだ」

「ん、きゃあっ」

唐突にぐいっと腕を引かれてシルヴィアは目を白黒させる。

気づけば下肢を繋げたまま、あぐらを搔いた彼の上に座るような形になっていて、シルヴィアは「え、えっ？」と真っ赤になった。

「あ、あ……！　こ、これ、どうすればいいの……⁉」

初めての体位に困惑するシルヴィアに、ウィルフレッドは小さく噴き出した。

「ははは。そのまま動けばいい」

「う、動く？　どうやって……⁉」

「こうや……って！」

「んあぅ！」

言葉とともに真下からどちゅんと突き上げられて、シルヴィアは白い喉を反らせた。

「は、あ、これだめ……！　深い、から……！」

正常位でつながるよりもより彼の先端が奥を押し上げている気がして、ただつながっているだけで背筋がゾクゾクしてくる。

だがウィルフレッドは容赦なく「いやだね」とほほ笑んだ。

「あなたが可愛く乱れるところを見たいから、な！」

「んぁぁあう！」

またどちゅっと突き上げられてシルヴィアはうしろに倒れそうになる。

抱き寄せられるまま彼の首筋に腕を回すと、身をかがめた乳首をちゅうっと吸われて、目の前がちかちかする思いだった。

「あ、あ！　一緒は、むり、あっ！　ぁあああ！」

とまどっているあいだにも下からずんずんと一定のリズムで突き上げられる。

苦しくすら思えるのに、奥を突かれると気持ちよさが一気に背筋を伝ってきて、全身が満たされていく感じがした。

「はぁぁあ、ああ、あ、あぁ……！」

思わず目を伏せてうっとりと感じ入る。いつしか自分も腰を揺すって、気持ちいいところを求めて動き出していた。

「よさそうだな」

ウィルフレッドもきゅうきゅうとした締めつけが心地いいようで、目元を上気させてほほ笑んでくる。

色気を感じさせる笑みは見ているだけで胸がキュンとして、シルヴィアはたまらず彼の首筋に抱きついた。

ウィルフレッドも彼女の背をしっかり抱きしめて、さらに激しく抽送してくる。

「んあぁあぁあうう……！」

身体中が上下に激しく揺さぶられて否応なく高められていく。お互いの肌が擦れて、勃ち上がったままの乳首が刺激されるのがただただ気持ちいい。

熱い愉悦が高まるたびにはぁはぁと熱い息が漏れて、シルヴィアはたまらず大きくのけぞった。

「ああ、いく……、――ンンンぅ……‼」

声にならない声を上げながら、シルヴィアは全身を激しく震わせて再び絶頂を迎えた。

ウィルフレッドも締めつけにあらがわずに、再び熱い精をたっぷりと吐き出す。

今度は自分の中にどくどくと注がれていく白濁に、シルヴィアは充溢感と多幸感で睫毛をふるふると震わせた。

「は、ぁ……ウィル……」

思わずぎゅっと抱きついてその名をささやいてしまうが。

「……っ……、そんな声で呼ばれたら、止まれなくなるぞ?」

ウィルフレッドが少し低いかすれた声でつぶやいて、シルヴィアを再び仰向けにする。

絶頂が抜けきらないシルヴィアはぐったりとされるがままになるが、仰向けからうつ伏せに身体を返されたのには「?」となった。

「ウィル?　なにを……きゃっ」

今度は腰をぐっと持ち上げられて、お尻だけ高々と上げる体勢になる。さすがに恥ずかしくてあわてるシルヴィアだが──。

「え、うそ、待っ──あぁあう!」

ずぶっ、と今度は背後から肉棒を挿入されて、シルヴィアはぎゅっと敷布を握って身悶えた。

「は、あ……っ、こ、こんな、繋がり方があるの……っ?」

再び彼の肉竿をお腹の奥まで感じて、シルヴィアは息も絶え絶えになりながら尋ねる。

「いろいろあるぞ。正面からつながるだけだと思っていたか?」

からかい混じりに言われて、シルヴィアは思わずムッとした。

「そ、それ以外のやり方だって知っているわよ……!」

「へぇ、たとえば?」

「たとえば──」

嫁ぐ前に祖国で家庭教師に教えられたことを思い出して、シルヴィアは真っ赤になりながら答える。

「あ、仰向けになった殿方の上に、その、乗る、とか……」

「……そういえば、結婚相手が兄上のときは、兄上の身体に合わせたやり方を学んでいたんだったな？」

不意にそれを思い出したようで、ウィルフレッドはたちまち目を据わらせた。

「な、なによ、あなたは病弱ではないのだから、わたしが上に乗るようなことにはならないからね……！」

「いや、せっかくだからあとでやってくれ」

「はっ⁉」

「騎乗位も、それはそれでそそるものがある。あなたのこの胸が――」

「あっ、きゃあう！」

「おれの目の前で弾むのを見るのも楽しそうだ」

乳房をゆったり揉まれながら、シルヴィアは彼の上にまたがった自分を想像して、かぁああっと耳まで真っ赤になる。

その状態で動いたら、胸が揺れて……ああ、考えるだけで卑猥すぎる！

「ぜ、絶対やらない……ん、あぁああ！」

「それなら、まずはこの体位で楽しもうか」

左手でシルヴィアの胸を、右手で彼女の腰を抱えたウィルフレッドは、その状態で腰を打ちつけてくる。

臀部がパンパンと音を立てるほど激しく抜き差しされて、シルヴィアは「んぁああぁ！」とあられもない悲鳴を上げてしまった。

「あ、あぁ、これ……！　あぁ、深いぃぃ……！」

先ほどの座った状態とはまた違うところが刺激されて、信じられないほど気持ちいい。

彼の先端がどちゅどちゅと奥を突くだけで燃え上がるような愉悦が生まれて、つながったところからなにかがあふれそうな気持ちよさが下肢を襲う。

太腿がブルブル震えるほど感じてしまうが、彼の手が腰をしっかり支えているので崩れることはない。

おかげでシルヴィアは彼の抽送を全身で受け止めることになった。

「あ、あぁ、あっ……んきゃああう！」

おまけにウィルフレッドはシルヴィアの胸から手を離して、ふくらんだ花芯をいじってくる。

乳首以上に弱いそこを指先でくにくにと刺激されると、信じられないほど感じてしまって頭が沸騰しそうになった。

その状態でじゅぷじゅぷと肉棒を出し入れされて、お互いがつながっているところから全身が熱く蕩けそうになってくる。

「は、あぁ、気持ち、いぃ……あああっ……！」

思わずつぶやくと、ウィルフレッドも「おれもだ」と熱に浮かされた声でつぶやいた。

「あなたの中が熱くて、うねって……っ。そう絞り取ろうとしてくれるな。まだ楽しみたい……」

「あ、あ、わかん、な……あぁあ、あぁあう！」

花芯をくりっと強めに押された瞬間、腰奥で高まっていた愉悦の熱が弾けて、全身を震わせながら達してしまう。

ウィルフレッドもきつい締めつけに低くうめいたが、吐精はこらえた。

代わりにシルヴィアの腰を両手でしっかり固定して、ガツガツとそれまで以上に激しく奥を突いてくる。

「んあぁあああ……‼」

まだ絶頂が抜けきらぬ中で何度も奥を押し上げられて、シルヴィアは敷布に頬をこすりつけながら甘く身悶えた。

「は、ぁ……っ、出る……！」

やがてウィルフレッドも低いうなり声を上げて、どちゅんっと大きく腰を押しつけてくる。

「んぁああう！」

また熱い白濁が噴き上がって、たっぷりと注がれる感覚にシルヴィアは熱いため息を漏らした。

「は、あぁあ……熱い……」

「おれもだ」

ゆるゆると崩れ落ちたシルヴィアの上に倒れ込んで、ウィルフレッドも熱い呼吸の合間にうなずいた。

「——さて、次はおれの上に乗ってしてもらおうか？」

耳を食まれながら言われ、シルヴィアは思わずあきれて笑う。

「まだ体力が残っているの？　わたしはもうヘトヘトよ」

「そうか？　ならば少し眠ってから、またしようか」

「本気？」

「当然だ。新婚旅行だぞ」

そういえばそうだった……。新婚旅行にかこつけ、地方で療養するファウストに密《ひそ》かに会いに行くのが目的だと思っていたが。

（ウィルの中ではこちらが目的だったのね……）

衝撃的な事件と、その後処理まみれだった王城から離れて、彼もようやく肩の荷が下りたというか、心からほっとできたのかもしれない。

その反動で妻に甘えているのかも……と考えると、なんだか可愛いような愛おしいような気持ちが湧き上がって、シルヴィアの胸はキュンとうずいた。

「ここにいるあいだは、あなたとずっとこうしていたいな」

あながち冗談とも思えない声音で、シルヴィアの横に寝転がったウィルフレッドは彼女の腰を抱き寄せる。

シルヴィアは「だらしないわ」と笑いつつ、そういう怠惰な感じもたまにはいいかもしれない、と少し思ってしまった。

「去り際に兄君も言っていたぞ？　早くおれたちの子供が見たいと。父上も同じことを望んでいるだろう」

「前王陛下もだんだんお元気になってきたものね」

医師や薬師の尽力により、前王陛下の解毒のための薬がようやく完成したたのは、夏のはじめの頃だった。

解毒薬のおかげでようやく生気を取り戻した前王陛下は、今は少しずつ歩く練習をしている最中である。

「孫ができれば回復訓練もよりやる気になるだろう」

「それは確かにそうね」

「というわけで、もう一度――」

「もう少し休ませてちょうだい」

シルヴィアはぴしゃりと言いきるが……なんだかんだ言いつつ、再びキスをされると身体はあっという間に火がついて……。

結局二人は、怠惰とも甘美とも言える濃密な時間を、昼夜を問わず過ごすことになったのだった。

――時間の流れすらゆっくりに思える保養地で、ひたすら愛を高め合ったのがよかったのだろうか。

王城に戻り一ヶ月もする頃にはシルヴィアの懐妊が判明し、翌年には待望の跡継ぎが生まれた。

ミーガン王国はもちろん、同盟国のフィオリーナ王国も大いに盛り上がり、王太子の誕生は大陸中で喜ばれたのであった。

＊　＊

二、三年に一度の周期で、南の保養地に家族で休暇に行く――それが国王ウィルフレッドがなにより大切にしていたことだったと、王妃の侍女頭マリエッタの日記には記されている。

当時の生活様式や王族の生活を知る上で大切な資料となっているこの日記には、国王ウィルフレッドと王妃シルヴィア、そして子供たちの成長の様子が詳しく書かれており、ウィルフレッド王の一家を知る読み物としても広く親しまれていた。

その日記によると、ウィルフレッド王の家族は保養地へ立ち寄る前に必ず、そこから少し外れた小さな屋敷に向かっていたようだ。

そこには生まれつきの病で早世した、ファウスト王子の墓が残されている。

どうやらウィルフレッドは兄王子をしのんで、家族とともに頻繁に墓参りに訪れていたようだ――と、その日記からは読み取れる。公式の記録では、ファウストはウィルフレッドの戴冠のすぐあとに亡くなったことになっているからだ。

——だが、実際のファウストは早世と言えるほど早くに亡くなってはいない。

彼は地方でのんびりとした生活を楽しみ、勉学と読書を愛する生活をその後も続けていた。

正しい没年月は、ウィルフレッド国王の長子、王太子ディルガが十五歳になった年になっている。

その年、ディルガは婚約者であるフィオリーナ国の公爵令嬢を紹介していて、ファウストは甥《おい》の緊張気味の顔を見て、にっこりほほ笑んでこう言ったそうだ。

『ディルガは顔も性格もウィルフレッドにそっくりだけど、恋に落ちた相手の前で見せる表情までも、まったく同じなんだね。とても幸せそうだ』

そうして甥の幸福な未来を確信したファウストは、その年の冬に穏やかな面持ちで神の御許に旅立つことになる。

ウィルフレッドはその後も長く王位を護《まも》り、父王を超すほど長い時間、王位に就くことになった。

その隣には常にシルヴィア王妃がいて、公私ともにウィルフレッド国王を支え、幸せに暮らしていたという。

王太子ディルガをはじめとする五人の子供たちも両親をよく支え、ミーガン王国の発展に大きく寄与した。

一家の仲睦まじい様子は日記のほかにもさまざまな資料で確認されており、二人は長く幸せな夫婦の象徴として語られていくことになる――。

あとがき

こんにちは、佐倉紫です。本作をお手にとっていただき誠にありがとうございます。

ありがたいことにヴァニラ文庫様から三作目を出させていただく運びとなりました。先の二作品ともども楽しんでいただけますと幸いです。


本作のテーマは『政略結婚』なのですが、なんと夫となるはずだった婚約者は結婚式目前で駆け落ちしてしまい、ヒロインは急遽その弟と結婚することになって……!? という、はじまりから波瀾万丈な感じになっております。

ヒロインのシルヴィアは国同士の盟約に従い結婚を決意。しかし新たなお相手であるウィルフレッドは幼い頃に何度か顔を合わせただけの間柄で、自分をよく思っていなかった節もあり、夫婦仲は上手くいくだろうかと不安に駆られます。

一方、ヒーローのウィルフレッドも兄の駆け落ちと父王の急な病により、第二王子から一気に国王になるという大変な状況……。そんな二人がどうやって心の距離を縮めていくのか、ハラハラどきどきしながら楽しんでいただけたら大変嬉しく思います。

今回は最後まで書き上がったあとでページ数が足りないと気づき急遽、城下町デートを書き足したのですが、それでも足りないというハプニングがありました。

書きすぎたものを削る作業はよくやるのですが、書き足していく作業はさほど経験がなかったので、意外と加筆のほうが大変だと学ばせていただいた一作でした（苦笑）

美麗なイラストは前作に引き続きKRN先生に担当していただきました。ロマンチックで華やかなイラストは、いつ拝見しても本当にうっとりしてしまいます。今回も素敵なイラストの数々を本当にありがとうございました。

担当様をはじめ、この本に関わってくださったすべての方々にこの場を借りて深く御礼を申し上げます。今回も大変お世話になりました。

そして本作をお読みくださった読者様には一番の感謝を。また別の作品でお目にかかれるよう今後も精進してまいりますので、作品ともども何卒よろしくお願いいたします。

佐倉　紫

結婚直前で夫がチェンジ!?
嫌われていたはずの陛下に
熱愛され戸惑っています

Vanilla文庫

2025年4月5日　第1刷発行　定価はカバーに表示してあります

著　者　佐倉 紫　©YUKARI SAKURA 2025
装　画　KRN
発行人　鈴木幸辰
発行所　株式会社ハーパーコリンズ・ジャパン
東京都千代田区大手町1-5-1
電話　04-2951-2000（営業）
0570-008091（読者サービス係）
印刷・製本　中央精版印刷株式会社

Printed in Japan ©K.K. HarperCollins Japan 2025 ISBN978-4-596-72935-4

ウィルフレッドは満足げにつぶやき、
今度は左の乳首を指先でこすって、右の乳首を舐め転がしてくる。
さらには乳輪ごと右の乳首をぱくりと咥えられて、
シルヴィアは「あぁんっ！」と自分でもびっくりするような甘い声を出してしまった。